www.mayabook.co.kr

www.mayabook.co.kr

www.mayabook.co.kr

지은이 | 글작소
펴낸이 | 권순남
펴낸곳 | (주)마야 · 마루출판사

등록 | 2008. 1. 7(제310-2008-00001호)

초판 인쇄 | 2012. 6. 18
초판 발행 | 2012. 6. 20

주소 | 서울시 노원구 상계 1동 1049-25 신영산업 BD 602호
대표전화 | 02-2091-0291
팩스 | 02-2091-0290
이메일 | marubookshanmail.net

ISBN | 978-89-280-0849-0(세트) / 978-89-280-0850-6
정가 | 8,000원

잘못된 책은 교환하여 드립니다.
저자와 협의하여 인지를 붙이지 않습니다.

포교

捕校

1

글작소 신무협 장편소설
MAYA & MARU ORIENTAL STORY

마루&마야

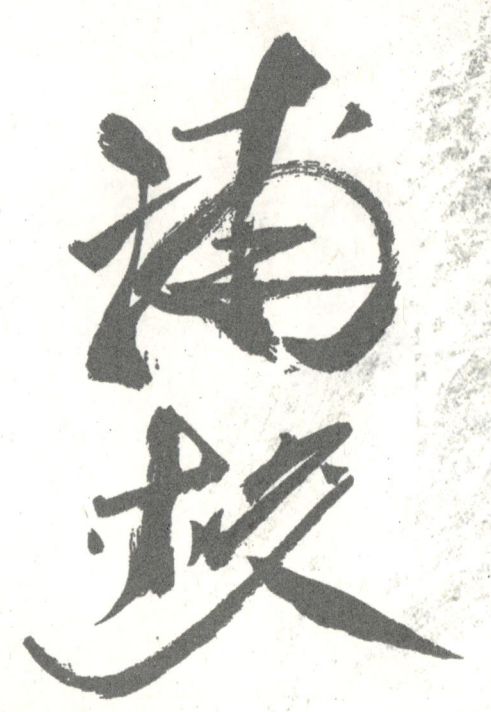

목차

서(序). 포교론(捕校論) ···007

제1장. 충주 산성 싸움 ···011

제2장. 귀향(歸鄕) ···039

제3장. 아버지의 전쟁 ···063

제4장. 순군영 ···087

제5장. 귀를 잡히다 ···111

제6장. 살인 사건 ···131

제7장. 자객이 들다 ···157

제8장. 복잡해지다 ···177

제9장. 피를 보다 ···203

제10장. 복수의 대가 ···223

제11장. 개봉부(開封府)의 신임 포교 ···241

제12장. 천강문의 수난 ···261

제13장. 파란의 시작 ···289

창작 집단 (주)글바랑 소속

서(序)
포교론(捕校論)

현장을 살필 땐 매와 같고,
추적을 기함엔 여우같이 굴 것이며,
범인을 포획함은 범과 같아야 하고,
취조할 땐 승냥이와 같을 것이되,
양민을 대할 땐 사랑하는 아낙과 같이 하라.

포교(捕校)를 천직으로 알았던 아비의 유훈이었다. 그것을 한순간도 놓지 않았다.
역사에 이름 한 줄 남기지 못하였으나, 포교란 직업으로 중원 대륙을 질타했던 배달인의 이야기를 이곳에 기록하고자 한다.

제1장
충주 산성 싸움

 천강문의 군사인 기문탁이 개봉부 좌포청의 신임 포교로 인해 골머리를 부여잡기 2년하고도 두 달 전.

 거친 숨소리, 죽음에 지친 삭은 함성, 주인 잃은 말의 힘없는 말발굽 소리. 그리고 검을 타고 흐르는 사자의 핏줄기.
 고개를 들어 주변을 둘러보았다. 산 자보다 죽은 자가 더 많은 벌판, 그 벌판에 휘날리는 고려 충주 산성의 깃발이 사나운 전투의 끝을 알리고 있었다.
 척-
 어깨 위로 얹히는 손을 따라 고개를 돌렸다.
 "돌아가자, 사제."

장군의 호칭을 듣지만 여전히 승려인 사내, 사형 김윤후의 민머리가 보였다.

"그러죠."

돌아서는 청년, 세영의 시선을 따라 죽음으로 포장된 충주벌판이 드리워졌다.

❈   ❈   ❈

김포에 차려진 고려정벌군 사령부.

"바루에트 대만인장, 더 이상의 피해를 감당할 수 없습니다. 이번에도 천인대 둘이 깨졌단 말입니다. 더구나 살아 돌아온 이가 없습니다."

충주 지역 공세를 맡은 만인대의 지휘관은 사색이 되어 있었다.

충주에 투입된 지 겨우 두 달, 그동안 천인대 다섯을 잃었다. 셋은 투입 사흘 만에 날아갔고, 나머지 둘은 며칠 전의 전투로 날려 먹었다.

그렇다고 장수의 무능이라고 비난도 할 수 없다. 지금까지 충주에서 무너진 만인대만 벌써 넷씩이나 되었기 때문이다. 더구나 그중 하나는 고려정벌군의 수장인 바루에트 본인이 지휘하는 만인대였다.

"후~"

길게 뿜어지는 바루에트의 한숨이 깊었다. 병사도 문제지만 장수들의 손실이 너무 컸다. 벌써 날고 긴다는 만인장이 둘, 천인장은 열셋이나 목이 날아갔다. 백인장급으로 넘어가면 수를 세기도 어려웠다.

이 피해가 충주 산성 방어군과의 전투에서 나온 것이라면 그나마 억울하지나 않을 것이다. 하지만 피해를 남긴 상대는 단 한 명이었다.

바톨, '고려바톨'이라는 치명적인 찬사를 두른 고려의 장수 한 명에게 말이다.

"우선은 일기토를 금지시키게."

"대만인장! 그건 있을 수 없는 일입니다. 어찌 초원의 전사가 걸어오는 싸움을 피한단 말입니까? 아니, 백번 양보해서 장수들이야 강제로 피하게 만든다고 쳐도 그런 장수를 병사들이 따르려 들겠습니까?"

비겁자는 추종의 대상이 아니라 비난의 대상이다. 싸움을 피한 장수라면… 병사들은 순식간에 흩어질 것이다.

"그래도 피해야 해. 피하면서 전투를 벌이면……."

"일기토를 피하기도 어렵겠지만 막상 그리 움직였다고 해도 소용이 있겠습니까? 전투 중에도 장수들만 골라 죽이는 놈입니다."

그래서 충주 산성 방어군과의 싸움은 언제나 힘든 전투였다. 지휘관의 부재는 부대의 전투력을 갉아먹고, 형편없이 떨어트렸으니까.

"그럼 군을 물려."

"예?"

"군을 물리고 보름만 기다려."

"보름… 무슨 수가 있는 겁니까?"

"본국에서 지원군이 오고 있다."

바루에트의 말에 만인장은 실망스런 표정을 지었다.

"병력이야 지금도 적은 게 아닙니다만."

"병사가 아니라 고수들이 올 거다."

"고수… 실효성이 있겠습니까?"

기대감이 낮다. 여섯 달 전쯤 바톨의 호칭으로 불리는 고려인이 있다는 것에 분노한 본국의 바톨이 천릿길을 마다 않고 달려 왔었다.

몽고 최강 전사의 등장에 병사들과 장수들은 환호했다. 적어도 그가 목 없는 시신이 되어 돌아가기 전까지는.

"한족… 무림인이라는 것들을 보내 준다 하였다."

"무림인……."

몽고 장수들에겐 섬뜩한 이름이었다. 홀로 백인대 하나를 박살 내고, 물 위를 평지처럼 뛰어가는 기인이사들. 그들이 모두 몽고에 대항해 왔다면 송과의 전쟁은 결코 지금처럼 유리하게 이루어지지 못했을 것이다.

"그래. 그들을 보내올 것이다."

"어떻게 본국에서 그들을……."

 사실대로 말하자면 본국이 아니라 자신의 친형 사르타크가 보내 주는 것이다. 서신에 의하면 대송정벌군을 지휘하는 사르타크가 몽고 점령지에 있는 무림인들의 협조를 받았노라 적고 있었다.

"점령지에 있는 무림 문파들의 협조를 구한 모양이다."
"하면, 그들을 투입해서……."
"그래. 이이제이(以夷制夷)라고, 한족 무림인 놈들을 이용해서 고려바톨을 잡는다."

 무림인의 투입이란 말엔 기대감이 있었는지, 죽는소리만 늘어놓던 만인장은 곧바로 고개를 조아렸다.

"알겠습니다. 하면 군을 잠시 물려 두겠습니다, 대만인장."
"그렇게 해."

 자신의 허락에 고개를 숙여 보이고 돌아가는 만인장의 표정엔 겨우 살았다는 안도감이 가득했다.

 하나, 그런 만인장의 뒷모습을 보는 바루에트의 표정은 어두웠다.

    ❀ ❀ ❀

 토박이들이 금봉 산성이라고도 부르는 충주 산성은 긴장으로 가득했다. 군병과 의병을 모두 합해 겨우 8백 남짓한 병사를 보유한 이곳을 노리고 다시금 몽고군이 새카맣게 몰려왔기 때문이다.

그 수가 얼마나 많은지, 산성에서 내려다보이는 너른 충주벌판이 모두 몽고군으로 가득 찼다.

"많이도 왔구나."

충주 산성 방호별감(防護別監)으로 산성을 맡고 있던 김윤후의 탄식에 부장이 고개를 끄덕였다.

"진중에 설치된 군기로 보아선 대략 만인대 두 개 정도가 동원된 듯합니다."

"만인대 둘이라……. 하지만 수는 이만이 넘어 보이는구나."

"별동대로 움직이던 몇 개 천인대가 섞인 모양입니다, 별감."

부장의 답에 김윤후의 표정이 어둡게 가라앉았다. 최근에 동원된 몽고군 중 가장 많은 수였기 때문이었다.

"장군! 놈들이 움직입니다."

파수병의 보고에 김윤후의 시선이 몽고군 진영에서 떨어져 나와 산성으로 다가오는 일단의 무리에게 맞춰졌다.

"겨우 여덟?"

"항복을 권하려는 전령 놈이 아니겠습니까?"

"하긴 얼마 전부터 일기토는 더 이상 청하지 않는 놈들이니까."

충주 산성 방어군은 지난 일 년 반 동안 단 한 차례도 일기토에서 져 본 적이 없었다.

그전의 일기토에서 열에 여덟의 패배를 기록했던 것과는 전혀 다른 양상이었다.

다가오던 몽고의 병사들은 화살의 사정거리 밖에서 멈춰섰다. 그걸 본 김윤후가 부장에게 명했다.

"이쪽에서도 전령을 내보내 보게. 뭐라 하는지는 들어 봐야지."

"예, 장군."

복명한 부장이 성루를 내려간 직후, 일단의 고려 기병이 산성의 쪽문을 나서 아래로 치달렸다. 약간의 시간이 흐르고 전령이 돌아오자 부장은 예상외의 소식을 가지고 성루로 올라왔다.

"일기토를 하잡니다."

"일기토를?"

놀라는 김윤후에게 부장도 믿어지지 않는 표정으로 말했다.

"예, 분명 그리 말했답니다."

부장의 답에 저만치 기슭에 서서 기다리는 몽고인들을 바라보았다.

"어디서 고수라도 초빙해 온 건가?"

"그것까지는……. 다만, 저 일행 속에 변발이 아닌 이들이 섞여 있답니다."

"변발이 아니다?"

"예. 돌아온 전령은 아무래도 송나라 사람들 같았다 하였습니다."

"송나라 사람이라면… 한족이란 말이 아닌가?"

한족과 고수를 함께 생각하자 가장 먼저 떠오른 것은 '무림'이란 두 글자였다. 그제야 저들의 정체를 대충은 짐작할 수 있었다.

"가서 사제를 데려오게."

김윤후의 명에 부장이 다시 망루를 내려갔다. 잠시 후, 부장과 함께 세영이 올라왔다.

"찾으셨어요?"

"그러하네. 저들이 일기토를 신청하여 왔다네."

"들었어요."

별것 아니라는 듯이 답하는 사제에게 김윤후가 걱정 어린 음성을 흘렸다.

"사제, 무림이라는 말을 들어 보았는가?"

"사부에게서 들었었죠."

"무어라 하시던가?"

"가진 실력은 쥐뿔도 없는 것들이 법 알길 우습게 안다고요."

사제의 답에 김윤후는 이마를 짚었다. 사백의 성정상 저리 말하고도 남음이 있었다.

"그리 간단한 이들은 아닐세."

"세상에 간단한 놈들은 없어요, 사형."

생각보다 깊이 있는 사제의 답에 김윤후는 놀란 표정이었다.

"그리 생각한다면 다행……."

"뭐 같은 놈과 뭣도 아닌 놈만 있는 거죠."

피식-

실없이 웃는 사제를 바라보며 김윤후는 이런 사제를 내보내려는 자신의 결정이 옳은 것인지 좀처럼 판단이 서지 않았다. 그렇다고 대안이 있는 것도 아니었다.

"이전과는 다른 싸움이 될 걸세."

'싸움에 고하는 없다. 높은 싸움, 낮은 싸움 그따위 분류는 존재하지도 않아. 모든 싸움은 사납고 거칠다. 범이 토끼 잡는다고 발톱 감추고 이빨 안 드러낸다더냐. 상대가 누가 되었든 싸움은 모든 것을 쏟아붓는 것이다.'

사부의 말이 머리를 치고 지나가자 세영은 또다시 작게 웃었다.

"상관없어요."

"이번엔 그리 쉽게 생각할 일이 아니란 말일세."

"쉽게 생각 안 해요."

'물론 어렵게 생각하지도 않지만요.'란 말은 구태여 입 밖으로 꺼내 놓지 않았다. 걱정 많은 사형의 잔소리가 쏟아질 것이 분명했기에.

"그렇다면 내 사제를 믿고 이번 일을 맡겨 봄세."

"알았어요."

생글거리며 내려가는 사제를 김윤후는 걱정스런 얼굴로 바라보았다. 사제가 다칠까도 걱정이었지만 정작 가장 큰 근심은 누군가를 죽이러 가면서도 웃을 수 있는 저 성정에 대한 것이었다.

"부디 사백이 혈황성의 액을 제대로 잡았기를……."

"예?"

자신의 중얼거림에 반문하는 부장에게 김윤후는 고개를 저어 보였다.

"아, 아닐세."

산 중턱에 형성된 작은 공터로 내려온 세영을 마중하여 나선 이는 커다란 월도를 품에 안은 몽고의 무인이었다.

"난 아특타라 한다. 대몽고제국 대칸의 호위 무사이다. 내 오늘 너의 목을 베어 건방진 고려의 죄를 대신 물을 것이다."

사부는 한어는 알아도 몽고어는 알지 못했다. 그런 까닭에 세영이 몽고어를 배운 것은 김윤후를 따라 충주 산성으로 내려온 후였다. 1년을 훌쩍 넘기는 시간 동안 배웠지만 여전히 모르는 말이 더 많았다.

그 탓에 세영은 상대가 무어라 떠드는지 제대로 알아듣지 못했다.

"네가 몽고의 대칸이라고? 뭐라는 거야, 도대체."

세영의 고려 말을 못 알아듣긴 아특타도 마찬가지였다.

"뭐라 지껄이는 것이냐?"

말이 통하지 않으니 남는 건 행동뿐이다. 콧김을 푹 내뿜은 아특타가 월도를 뽑아 들자 세영도 검을 들었다.

"이랴!"

선공은 아특타였다. 그는 자신의 말을 몰아치며 월도를 휘둘러 왔다. 그를 향해 달려 나가며 세영도 검을 그었다.

스걱-

히이이잉~

구슬픈 말 울음이 울고, 목이 깊게 베인 아특타의 말이 힘없이 무너졌다.

재빠르게 안장을 박차고 날아오른 아특타는 무사했지만, 말은 그대로 곤두박질치며 숨이 끊어졌다.

자신의 애마를 보며 분노에 떠는 아특타를 내려다보며 세영이 중얼거렸다.

"도무지 발전이 없어. 어째 몽고 놈들은 말도 죽을 수 있다는 걸 모르는 거지."

 말과 함께 움직이는 시간이 많아서 그럴까? 몽고의 장수들은 말에 대한 과신이 너무 깊었다. 거기다 말에서 내려 싸우는 것엔 익숙하지도 않았다.

 자신도 말에서 내려 산성 쪽으로 쫓아 보냈다. 1년 넘게 배웠음에도 여전히 기마술이 익숙지 않아서 벌인 일이었지만 상대는 그 행동을 오해했다.

 "그래도 전사의 예는 아는 놈이로구나. 오냐, 대등하게 땅에서 전사처럼 겨뤄 보자."

 그 말과 함께 월도를 땅에 박아 넣었다. 그 모습에 세영이 어이없는 표정을 지었다.

 "뭐하자는 거야? 설마 맨손으로 해 보자고? 풋- 네놈을 사부가 보았다면 배를 잡고 웃었을 거다."

 고려 최고의 무인이라던 사부조차 맨손 격투에선 세영을 이겨 본 적이 없다. 하물며 몽고의 덜떨어진 무인 놈쯤이야.

 자신의 검을 납검하여 풀어 놓은 세영이 나서자 아특타도 앞으로 나섰다.

 "우와악!"

 느닷없는 고함과 함께 달려오는 상대의 품 안으로 뛰어들었다. 와락 자신을 잡아 가는 아특타의 품 안에서 세영의 어깨가 빠르게 움직였다.

 퍽-

"컥!"

 작은 공간을 통한 타격이지만 뼈를 울리는 고통이 아특타의 전신을 타고 돌았다. 자신도 모르게 손을 놓고 뒤로 물러나는 아특타를 세영이 쫓았다.

 훤하게 비어 있는 그의 가슴으로 장을 쳐 넣었다.

 팡-

 이전과는 비교할 수 없이 강력한 충격이 아특타의 신형을 뒤로 던졌다.

 데구르르르-

 저만치 날아가 바닥을 구르는 아특타를 따라 세영의 신형이 날았다.

 끝장을 내려 움직이던 세영의 시선이 아특타의 품에서 삐져나온 허름한 목각 인형에 멈추었다.

 '낭형(狼荊)?'

 작은 늑대 인형이었다. 몽고의 부모들이 전장으로 나서는 자식들의 안위를 빌며 주는 일종의 부적이다.

 아특타의 목을 지그시 밟고 선 세영의 시선은 그 낡은 인형에 못 박혀 있었다.

 상대에게 목을 내주었다는 것을 자각한 아특타는 눈을 질끈 감았다.

 "죽여라!"

 씹어뱉듯 던진 아특타의 말에 세영의 시선이 낭형에서

충주 산성 싸움 • 25

떨어졌다.

"네놈도 기다리는 부모가 있겠군."

작게 중얼거린 세영이 발을 떼고 물러났다. 자신의 목 언저리를 누르던 힘이 사라지자 아특타가 눈을 뜨고 세영을 올려다보았다.

"뭐지?"

"가라."

세영의 몽고어를 알아들은 아특타의 눈매가 사나와졌다.

"동정은 필요 없다!"

상대의 고함에 돌아서던 세영의 고개가 돌려졌.

죽음을 두려워하지 않는 자? 어림없다. 잘게 흔들리는 눈동자는 삶을 갈구하고 있었으니까.

그럼에도 저런 자세란……?

의지다. 무인으로서의 의지, 죽음을 이겨 내겠다는 의지. 하지만…

'의지박약이며 포기다. 악착같이 살아서 자신의 단점을 극복해야지. 그게 무인이다. 죽음? 쉽게 가자는 거다. 그냥 죽으면 끝이니까.'

무인은 명예가 목숨보다 중요한 게 아니냐고 묻던 자신에게 사부가 던져 준 말이었다.

그때의 자신처럼 구는 상대를 물끄러미 바라보던 세영이 입을 열었다.
"이겨 내고 다시 와."
어설픈 몽고어라 더 길게 이야기해 줄 수도 없었다. 다행인 건 상대가 알아들은 눈치라는 것이다.
"다시……?"
고심하는 상대를 기다려 줄 생각 따윈 없었다. 세영은 천천히 걸어 산성으로 돌아갔다.
그런 그가 산성의 쪽문에 다다랐을 때 뒤에서 고함이 들려왔다.
"반드시 다시 찾겠다. 그때… 다시 겨루자!"
구태여 몸을 돌려 고개를 끄덕이는 짓 따윈 하지 않았다. 쪽문으로 사라지기 전 그냥 손을 들어 보였을 뿐이다.
아특타는 물러갔다. 무슨 생각, 어떤 마음일지는 모르지만 신경조차 쓰지 않았다. 누군가를 신경 쓰기엔 마음이 어지러웠다.
산성으로 들어선 세영을 보고 병사들이 함성을 질렀다. 하지만 부장은 그를 책했다.
"목을 베었어야 하오이다."
'이 작자의 목을 베면 조용해질까?'
순간적인 충동에 세영이 놀라 고개를 숙였다.
"미안하오."

부장은 세영의 사과를 받아들였는지 더 이상 아무 말도 하지 않았다.

하지만 그가 알까? 방금 전의 사과가 자신을 향한 살심에 대한 것이었다는 사실을.

묵묵히 고개를 숙이고 있는 세영에게 김윤후가 다가왔다.

"잘했네."

생각지 못한 말에 고개를 드는 세영에게 김윤후는 밝게 웃어 보였다.

"죽이지 않아도 되는 상황에서 굳이 피를 볼 필요는 없겠지."

사형의 그 말이 이상하게 들끓던 마음을 가라앉혔다. 그것이 고마웠다.

"고맙습니다, 사형."

"고맙긴. 수고했네."

김윤후의 말에 세영은 희미하게 웃어 보일 수 있었다.

❀   ❀   ❀

자신들이 요청한 일기토의 패배에도 불구하고 몽고군은 물러가지 않았다. 또 다른 이를 내세운 것이다.

"한 차례 승리를 거두었으니 굳이 응할 이유가 없습니다."

부장의 반대에도 불구하고 김윤후는 세영을 바라보았다.
"사제의 생각은 어떠한가?"
"가라면 가고, 말라면 말고."
세영의 답에 김윤후는 작게 미소 지었다.
"하면 부탁하지."
김윤후의 말이 떨어지자 부장이 황급히 끼어들었다.
"이번엔 반드시 목을 베어야 하오!"
부장을 거쳐 닿은 세영의 시선에 김윤후가 답했다.
"사제가 알아서 하게."
"장군!"
부장의 경악성을 살포시 무시한 세영은 사형에게 웃어 보이곤 이내 성루 아래로 내려갔다.

작은 쪽문을 통해 산성에서 나오는 세영을 기다리고 있던 이의 머리는 몽고 특유의 변발이 아니었다. 그것이 뜻하는 바는 한 가지였다.
한족, 그리고 사형이 경고했던 무림인.
"아특타와의 싸움을 보니 과정은 그다지 중요시하지 않는 듯하더군. 나도 예서 이름이나 팔고 있을 생각은 없으니 바로 시작하지."
역시나 유창한 한어다.
시퍼렇게 날이 살아 있는 도를 꺼내 드는 상대에 맞춰 세영도 검을 뽑았다.

이번에도 공격은 상대가 먼저였다. 직선으로 날아오는 칼은 정직했다. 가볍게 검로 상에 검을 가져다 놓는 순간, 상대의 검이 사라졌다.

경악에 가까운 놀람이 심장을 찔렀다. 하지만 여기서 허둥대면 정말 심장을 내주어야 한다. 놀람을 내리누르고 감각을 개방했다.

'좌측! 아니, 아래다.'

허공을 막고 있던 검이 아래로 떨어졌다.

깡-

쇳소리가 울리고 상대의 검이 튕겨 나갔다. 예상외였던지 놀라는 눈이 고스란히 보였다. 하지만 그걸 감상하고 머물 생각은 없다.

한 발.

사부가 세상에서 가장 빠른 보법이라 자신하던 섬보(閃步)가 세상으로 튀어나온 순간, 이 보의 공간이 뒤로 당겨졌다.

츠라라라파깡-

정확히 여섯 번의 쇳소리. 훌쩍 뒤로 물러난 상대의 눈은 경악으로 가득했다. 하나, 싸움은 여전히 진행 중이었고 감상의 시간도 아직 도래하지 않았다.

다시 한 발이 내밀어지고.

츠깡- 까가가가깡!

섬보에 이은 연격에서 오는 충격을 상대는 완전히 해소하지 못했다. 정신없이 뒤로 물러나다 못해 바닥을 굴러야 했던 것이다.

상대는 기겁을 해서 벌떡 일어섰지만 세영은 따라 들어가지 않았다.

일 장이나 떨어져 물끄러미 바라보는 세영을 확인한 사내가 옷에 묻은 흙을 털더니 난데없이 포권을 취해 왔다.

"종남의 장현이라 하오."

무슨 짓인지 몰라 멀뚱히 쳐다보는 세영에게 장현이 쓴웃음을 지어 보였다.

"그대에게 정식으로 생사결을 청하는 것이오."

세영의 입장에선 여전히 이해하지 못할 말이었다. 이미 목숨을 걸고 싸우고 있는데, 이제 와서 무슨 생사결? 세영의 의문을 알아차렸던지 장현이 말을 이었다.

"그대를 무시하던 마음을 버리고 제대로 된 무인으로 대접하겠다는 뜻이오."

이제 제대로 해 보겠다는 말이다. 그 말을 뭐 저렇게 길게 하는지. 세영은 그저 고개를 끄덕여 보였을 뿐이다. 그런 그에게 장현이 말했다.

"통성명이라도 합시다."

'별……'

마음에 썩 내키는 것은 아니었지만 그렇다고 못 알려 줄 만큼 비밀스러운 이름도 아니었다.

"세영, 박세영."

세영의 답에 그의 이름을 몇 번 되뇌던 장현이 자신의 도를 눈앞에 세웠다.

한데, 파지법이 묘했다. 검병을 왼손에 잡고, 오른 손바닥을 그 밑에 받친 형상이다. 그간 오른손으로 검을 휘둘러 온 것으로 봐선 왼손잡이는 아닌데, 왜 저러는지 얼른 이해가 되지 않았다.

세영은 알지 못했지만 그건 사일검법(射日劍法)의 기수식이다. 종남의 사일검법은 점창의 분광검법(分光劍法)과 함께 중원 2대 쾌검으로 거론될 정도로 빠른 검법이었다.

더구나 장현의 발이 북두천강보(北斗天剛步)를 밟고 신형이 회전하는 순간, 공간에서 그의 모습은 사라져 버렸다.

쉐에엑-

사람은 보이지 않고 바람 소리만 짓쳐 들었다. 괴사였지만 세영은 놀라지 않았다. 이 정도 눈속임이라면 사부에게 질리도록 당해 봤기 때문이다.

은(隱)엔 은(隱)이다. 세영은 발이 떼어지기 무섭게 신형을 흩트렸다. 이것 때문에 가람검이 살수 무예로 오인받은 적도 있다는 은보(隱步)였다.

당연한 이야기지만 보여야 벤다. 아니라면 짐작이라도 하든가.

 하지만 세영의 기척은 말 그대로 완벽하게 지워졌다. 빠른 움직임으로 인해 순간적으로 신형이 사라지는 북두천강보나 사일검법과는 다른 묘용인 것이다.

 당황한 장현이 모습을 드러냈지만 세영의 위치는 여전히 오리무중이었다. 위기를 느낀 그는 태을신공(太乙神功)을 극성으로 끌어 올리고 검을 구궁신행검법(九宮神行劍法)으로 옮겨 잡았다.

 언제라도 아홉 방향으로 검을 쳐 낼 수 있는 구궁신행검법은 방어 검술의 최고봉이다.

 그것을 믿고 버티는 장현의 좌측에서 검세가 날아들었다.
 빙글-
 신형의 회전과 동시에 검이 움직였다.
 쾅!
 "컥!"
 작은 폭음과 함께 밭은 신음을 내뱉은 장현의 몸이 기울었다.
 "어, 어떻게……?"
 세영의 모습은 왼쪽이 아니라 오른쪽에서 나타났다. 그나마 태을신공을 극성으로 끌어 올려 둔 덕에 검상이 깊지 않았지만, 자칫했으면 관통상을 입을 뻔했다.

 그런 장현을 바라보며 세영이 못마땅한 듯 자신의 검을

내려다봤다.

 검날은 어제 갈아 두었다. 하니 검날이 무뎌진 것은 아닐 터.

"옆구리가 질기군."

 세영의 평가에 장현은 신음을 흘릴 뿐이었다.

 곧바로 검을 곧추세우는 세영과 달리 장현은 접힌 허리를 좀처럼 펴지 못했다. 검상은 얕았지만 충격과 내상은 생각 이상으로 컸던 것이다.

 그런 장현을 바라보는 세영의 눈이 식었다.

 다 잡은 먹이… 반항하지 못하는 적에게 발톱을 세우는 일 따위 적성에 맞지 않았다.

"좀 쉴까?"

 검을 거두는 세영의 물음이 의외였지만 장현은 거절할 입장이 아니었다.

"그, 그래 주겠소?"

"그러지."

 미련 없이 바닥에 주저앉는 세영의 행동에 장현도 힘겹게 바닥에 앉았다. 한데, 숨이 제대로 쉬어지지 않았다. 보다 못한 세영이 장현의 등을 쳐 주었다.

 기력이 담긴 손길이 닿자 내상으로 올라오다 기도를 막아 버린 죽은피가 올라왔다.

"우웩!"

죽어서 새카맣게 변한 피를 토하자 비로소 장현의 숨이 편해졌다. 비세를 보이지 않으려 올라오는 피를 억지로 삼킨 것이 실수였다. 그게 오히려 독이 되어 못 볼꼴을 보이고 만 것이다.

 그것을 쏟아 놓자 숨이 다시 제대로 돌았다. 그러자 흐트러진 기력도 오래지 않아 자리를 잡았다. 그렇게 기력이 돌자 허리의 통증도 가라앉았다. 웃긴 건 그와 함께 전의마저 가라앉았다는 것이다.

 "이거 참……. 다시… 시작해 보겠소?"

 묻는 장현을 물끄러미 바라보던 세영이 고개를 저었다.

 "싸울 맘도 없는 상대와 무슨 재미로?"

 세영의 말에 장현이 겸연쩍게 웃었다.

 "기껏 기다려 주고 등까지 두드려 준 사람에게 칼을 겨누기도 우스워서."

 장현이 변명 같은 말을 늘어놓았지만 세영은 아무 말도 하지 않았다. 대신 그는 천천히 자리에서 일어섰다.

 "갈 생각이오?"

 "너랑 수다 떨 이유도 없지만, 장소도 마음에 들지 않고."

 그 말처럼 장소가 좋지 않았다. 서로 죽이길 바라는 병사들이 양쪽으로 빼곡했으니까.

 몸을 돌리는 세영에게 서둘러 일어선 장현이 말했다.

 "다시 만날 수 있겠소?"

"왜, 죽고 싶어서?"

세영의 말에 장현의 표정이 굳었다. 하긴 전장에서 다시 만난다는 것은 죽음을 염두에 두어야 했으니까 말이다. 입을 다물어야 했으나 미련은 장현에게 하나 마나 한 물음을 던지도록 만들었다.

"전쟁이 끝난 후라면?"

"……"

물끄러미 장현을 바라보던 세영은 아무 말 없이 걸어가 버렸다. 그런 세영을 장현은 하염없이 바라보았다.

하긴 전쟁이 끝났는데 중원의 무림인이 이곳, 고려까지 다시 올 일은 없었다. 그 반대의 경우도 마찬가지고. 그렇게 장현과 세영의 첫 만남이 끝났다.

돌아온 세영에게 부장은 이번에도 팔팔 뛰었다. 그렇게 살려 준 적이 아군 병사의 목을 벨 것을 몰랐냐면서. 나중에 그렇게 죽는 병사의 가족에게 무엇이라 말할 것이냐며 묻는 부장에게 세영은 아무 말도 하지 않았다.

그렇게 하루가 저물어 갔다.

두 번의 패배로 인한 사기 저하 때문인지 몽고군은 다음 날, 다시 일기토를 청해 왔다.

부장의 격렬한 반대에도 불구하고 김윤후는 세영을 다시 내세웠다.

그리고…

피가 흘러내리는 검을 들고 세영은 한동안 가만히 서 있었다. 자신의 검에 목이 잘려 뒹구는 시신을 바라보는 것은 생각 이상의 희열을 가져다줬다. 횟수가 늘어날수록, 그리고 시간이 흐를수록 그 감정은 높아진다.

'이게 맞는 반응일까? 모두 이런 건가?'

아니라는 건 아는데, 자꾸 자신의 속마음은 그렇다고 속삭인다. 마음속에 숨어 산다는 마구니이런가?

'마구니란 네놈 마음속에, 또 내 마음속에 숨어 사는 놈이란다. 놈은 약해진 마음을 뚫고 나오며 흔들리는 심지를 먹고 산다. 마구니가 고개를 들었다는 것은 네놈의 마음이 약해 빠지고 심지가 곧지 못하단 뜻이렷다. 사흘을 굶고, 나흘을 정진하여 마음을 닦을지어다.'

사부의 말이 떠오르는 것과 함께 눈살이 찌푸려졌다.

"제기랄, 또 굶어!"

돌아서는 세영의 움직임이 거칠었다. 그 탓에 산성으로 돌아가는 길, 떠나갈 듯 울려 퍼지는 아군 병사들의 함성도, 연호되는 자신의 이름도 모두 마음에 들지 않았다.

그로부터 나흘, 세영은 8번의 일기토를 더 나갔고, 여덟의 목을 베었다.

일기토에 승산이 없다고 판단한 몽고군은 총공세로 나왔고, 세영은 아군 병사들과 함께 정신없이 성벽을 기어 올라오는 몽고군을 베고 또 베었다.

제2장
귀향(歸鄕)

 세영이 충주 산성에 머문 지 2년, 전쟁은 느닷없고 덧없이 끝났다. 고려가 몽고에 백기를 올리고 항복을 청한 것이다.
 이럴 것을 무엇하러 그 긴 시간 죄 없는 백성들의 피를 재물로 받치며 전쟁을 이어 왔냐며 울부짖는 부장의 음성이 충주 산성의 적막을, 사람들의 심상을 파고들었다.
 조정이 몽고와 화친을 맺은 지 보름, 교서(教書) 하나가 충주 산성으로 전해졌다.

 〈병(兵)을 산성에서 물리고, 민(民)을 마을로 돌려보내라.〉

조정의 교서에 김윤후와 부장은 다시 울었다. 하지만 나라의 명을 거부할 수는 없었다.

산성에 피해 있던 사람들을 각 마을로 내려보내고, 병사들을 거두어 충주로 내려왔다.

그 모습을 충주 벌판에 주둔하고 있는 몽고군이 감시하듯 바라보았다.

충주 관아로 내려온 김윤후에게 새로 부임해 온 안무사(按撫使)가 또 다른 교서 2개를 내밀었다.

〈충주 산성 방호별감인 김윤후를 동북면 병마사(東北面 兵馬使)로 임명하노니, 임지로 가 조정의 명을 따르라.〉

첫 교서를 펼쳐 본 김윤후는 조용히 눈을 감았다.

이미 몽고의 수중에 들어간 동북면이다. 무슨 군사가 있을 것이라고 동북면 병마사에 임명한단 말인가?

아마도 코앞에 두고 감시하겠다는 몽고의 의지가 반영된 결과이리라.

고개를 저으려는 김윤후에게 안무사가 황급히 말했다.

"상께서 고려의 안위를 위해 반드시 따라 달라 청하셨습니다."

이래서야 함부로 거부도 못할 일이었다. 깊은 침음을 흘리며 고개를 끄덕인 김윤후가 남은 교서 하나를 풀었다.

〈충주 산성에 배속된 승병과 의병, 그리고 군속을 모두 원래의 위치로 돌려보내라.〉

한마디로 무장해제를 명하는 교서였다. 그간 김윤후의 지휘하에 있던 충주 산성 방어군의 병력들 대부분이 승병과 의병이었던 까닭이다.

"이리하면 겨우 일백이나 남을까. 이후의 일이 난 두렵소이다."

김윤후의 걱정에 안무사가 어두운 표정으로 답했다.

"군적(軍籍)이 이미 저들의 손에 들어가 어쩔 수 없는 일입니다. 장군의 결단을 바랄 뿐입니다."

안무사의 말에 김윤후는 깊은 나락으로 떨어지는 느낌이었다.

조정의 명에 의해 돌아가야 하는 것은 세영도 다르지 않았다. 그의 신분이 조정의 임명을 받은 별장(瞥將)이라고는 하나, 정식 무관이 아니라 군속이었기 때문이다.

이별의 전날, 조촐한 술상을 앞에 둔 김윤후가 세영에게 물었다.

"이제 돌아가면 무얼 할 생각인가?"

"집에 가야죠."

"가서는?"

"할 거야 뻔하죠."

"포… 교 말인가?"

"가업이니까요."

"가업이라……."

그 말을 듣고 보니 기억이 났다. 세영을 사가에서 데려올 때 그 부친에게서 들었던 말들이.

"기억이 나는군. 그러고 보니 내 영존(令尊)께 약속도 했었네."

"약속… 이요?"

"그래. 자네가 포교가 될 만큼의 무술을 배울 수 있을 것이라 했었지."

김윤후의 말에 세영의 입가에 미소가 어렸다. 그 미소를 바라보며 김윤후도 마주 웃었다.

"지금 생각하면 참 웃긴 말이었어. 소 잡는 칼을 만들러 데려가면서 닭을 잡을 수 있을 것이라 했으니."

그 말에 세영이 답했다.

"잡을 수 있어요."

"응?"

"소 잡는 칼이라고 닭을 못 잡진 않을 테니까요."

잠시 그 말을 음미하던 김윤후가 박장대소를 터트렸다.

"푸하하하! 맞아, 맞아. 자네 말이 옳네그려. 소를 잡을 수 있는 칼이 닭을 못 잡을 리 없지. 그래, 그러고 보면 내가 영존께 드린 약속이 거짓은 아니었던 게야."

 빙긋이 웃는 세영을 바라보며 한참 웃던 김윤후가 웃음을 거두며 물었다.

"한데, 정말 그것에 만족할 생각인가?"

"뭐가요?"

"포교 말일세. 자네의 능력이라면 장군의 반열도 어렵지 않을 터인데."

"관심 없어요."

"왜?"

 김윤후의 물음에 세영이 답했다.

"제가 해야 할 일은 두 가지뿐이에요."

"두 가지?"

"아버지가 바라실 포교, 그리고 사부가 남겨 두고 도망간 가람검의 완성. 그 두 가지만으로도 벅차죠."

 세영의 말에 김윤후가 희미하게 웃었다.

"사백을 원망하나?"

"원망은 무슨……. 평생 산속에 틀어박혀 가람검만 들이파던 노인네가 늘그막에 바람난 건데……. 뭐, 놀아 보기도 해야죠."

"잘 나갔다는 투로군."

"사부는 윤회니 어쩌니 하겠지만… 제가 보기엔 한 번 사는 세상이에요. 늦기 전에 놀아 보는 것도 나쁘지 않다고 생각해요."

"어째 부추겼을 것 같다는 생각이 드는 건 내 억측인가?"

김윤후의 말에 세영이 부끄러움 타는 여인처럼 배시시 웃었다.

"솔직히 좀 들쑤셔 드리긴 했죠. 어쩌면 파계하고 참한 할머니 꼬여서 살림 차렸을지도 모른다고요."

"예끼! 이 사람. 아무리 그러셨을라고."

자신의 타박에 헤실거리며 웃는 세영에게 김윤후가 물었다.

"그럼 마음은 포교로 굳어진 건가?"

"예."

"한데, 포교로 출사해서 어찌 가람검을 완성한단 말인가?"

김윤후의 걱정스런 물음에 세영이 답했다.

"변했을지는 몰라도 제가 아는 포교들의 업무는 느슨합니다. 시간이 많다는 이야기죠. 그 시간을 이용해 볼까 해요."

"흠……."

그로서는 세영의 생각에 가타부타 조언을 해 줄 수가 없었다. 포교가 어찌 움직이는지 전혀 알지 못하기 때문이기도 하지만, 가람검의 깊이도 제대로 알지 못했기 때문이다.

그렇게 침묵하는 김윤후에게 세영이 말했다.

"너무 걱정하지 마세요."

그 말에도 김윤후의 얼굴은 좀처럼 풀리지 않았다.

그날 밤, 더 나은 자리로 가는 것이 좋겠다는 김윤후를 간신히 설득한 세영은 자신을 포교로 추천하는 사형의 추천서를 받아 내는 데 성공했다.

다음 날, 아직 처리할 일이 남아서 충주에 더 머물러야 하는 김윤후의 배웅을 받으며 세영이 고향, 강화로 향했다.

❀   ❀   ❀

갑곶진의 나루로 들어서는 뱃머리에서 본 강화는 섬을 둘러싼 웅장한 외성이 먼저 눈에 들어오는 곳이다.

행궁(行宮)이 있는 강화이기 때문인지, 몽고와 이미 화친의 맹약을 맺었다지만 여전히 외성 곳곳에 기치와 창검이 가지런한 것이 엄중한 군기가 느껴졌다.

나루의 기찰도 엄했다. 나루를 통해 강화를 들고 나는 이들에 대한 검문과 검색이 여러 차례에 걸쳐 실시되었다.

아직도 기억에 흐릿하게 남은 순군영(巡軍領)의 복장에서 금오위(金吾衛)의 군포와 우별초의 자황색 전포까지. 배에서 내려 그 세 곳의 기찰을 통과하고서야 나루를 길게 뽑은 선착장을 벗어나 흙을 밟을 수 있었다.

작은 강화에 너무 많은 사람이 몰린 덕에 오밀조밀 모여든 집들이 낮은 담과 쳐진 지붕을 맞대고 길게 늘어섰다. 세월은 강산이 두 번은 변할 만큼 흘렀지만, 강화의 모습은 마치 정지된 것처럼 기억의 그것과 닮아 있었다.

그렇게 기억 속에 존재하는 골목으로 들어서며 세영이 중얼거렸다.

"돌아… 온 건가."

집으로 돌아가는 길도 역시나 변한 것이 없었다.

수백 가구가 얽혀 들어선 골목을 단 한 번도 틀리지 않고 걸었다.

그리고 발견한 집. 반쯤 허물어진 담장과 낮게 쳐진 지붕, 싸릿대가 빠져 버린 대문까지. 흐릿한 기억의 모습이 바로 그곳에 있었다.

천천히 안으로 들어선 세영이 툇마루 위의 방을 바라보았다. 듬성듬성 구멍이 뚫린 문짝이 어린 시절 자신의 장난기를 여전히 머금고 있었다.

씨익-

절로 새어 나오는 미소가 입가로 번졌다.

"아버지."

그리운 부름은 답을 이끌어 내지 못했다. 고개를 갸웃거리며 두 번을 더 불렀지만 결과는 바뀌지 않았다.

순간 두려움의 색으로 물드는 가슴을 움켜잡고 방문을

열어젖혔다.

 벌컥.

 공기가 찼지만 가재도구와 이불이 가지런하다. 사람이 살고 있음은 분명해 보였다. 그제야 가슴을 채우던 두려움이 흩어졌다.

 부친의 나이를 계산해 보면 환갑이 코앞이다. 죽음을 떠올려도 이상할 것이 없는 나이인 셈인데, 지금껏 그걸 잊고 있었다는 것이 의아할 지경이었다.

 여하간 사는 이의 흔적이 남았으니 경망된 생각은 버려도 될 듯했다.

 '노친네, 이 시간에 어딜 갔지?'

 경망된 생각은 버렸어도 걱정과 불안은 남았다.

 '설마······.'

 그 나이에 아직도 순군영에 다니는 것인지 알 수 없었다. 결국 세영이 선택할 수 있는 일은 툇마루에 앉아 부친이 돌아올 때까지 기다리는 것뿐이었다.

 먼지가 뽀얗게 앉은 장독과 손질을 하지 않아 길게 자란 잡초가 우물가를 채우고 있었다.

 천천히 일어나 우물가의 풀을 뽑고 물을 길어 장독들을 다 닦았을 무렵, 작은 발소리와 함께 순검 복장을 한 노인 한 명이 들어섰다.

 하얗게 센 머리, 이마와 눈가를 채운 깊은 주름. 의아한 시선으로 쳐다보는 세영을 잠시 바라보던 노인이 멈추어 섰던 걸음을 옮겼다.

"몇 년 만에 집에 온 놈이 뭔 청승인 게야. 진득하니 방 안에서 기다릴 것이지."

노인의 말에 세영의 눈이 커졌다. 익숙한 음성, 그건 밤이면 밤마다 찾아오던 아버지의 것이었다.

"아, 아버지?"

"하면 내가 네 애미겠냐? 싱거운 놈. 어여 올라와."

아버지를 알아보지 못한 아들과 달리, 아버지는 아들을 한눈에 알아보았다.

하긴 어찌 몰라 볼 수 있겠는가. 하루, 하루 변해 갈 아들의 모습을 그려 가며 버텨 온 세월이 16년이다. 눈썹 한 올, 콧등에 맺힌 땀방울 한 알까지, 자신이 오매불망 그려 왔던 모습 그대로이니 모르려야 모를 수 없었다.

하지만 반가움은 미친 듯이 두방망이질 치는 가슴 안에서만 감돌 뿐, 입에서 나오는 말은 마치 아침나절에 나갔던 아들이 저녁이 되어 돌아온 듯, 퉁명스럽기까지 했다.

황망히 툇마루로 오른 세영을 의한은 심드렁하니 대했다. 그날 의한이 벌인 색다른 일이라곤 아들이 떠난 이후 처음으로 부엌에 들어가 자신의 손으로 직접 밥을 짓고, 반찬을 해서 저녁상을 차려 냈다는 것뿐이었다.

아비가 급하게 이웃에서 빌려 마련한 반찬과 보리로 만든 허름하기 그지없는 저녁이었으나, 세영은 이보다 맛있는 밥을 먹어 본 기억이 없었다.

 별다른 말 없이 식사에 열중하는 아버지, 의한의 퉁명에도 세영의 입가엔 미소가 떠날 줄 몰랐다.

 그 아무렇지도 않게 대해 주는 아버지의 행동이 자신을 맞아 주는 최고의 환대임을 어렵지 않게 느낄 수 있었던 것이다.

 호들갑스러운 환대가 없다 하나 보리로 지어진 밥알 한 알, 한 알에 깃든 정성이 씹혔고, 거칠게 소금으로 무쳐진 산나물을 은근히 자신의 앞으로 밀어 놓는 그 투박한 정이 십수 년을 가두어 놓았던 세영의 가슴을 온통 부정(父情)으로 출렁이게 했다.

 밥상을 물린 부자는 지난 이야기도 없이, 그렇게 한 방에서 잠을 잤다.

※   ※   ※

 집으로 돌아온 첫날의 밤은 아릿한 그리움이 잘게 부서지는 벅찬 기쁨 속에서 지나갔다.

 기지개를 켜며 일어난 세영은 이미 아버지가 등청(登廳)하고 없다는 것에 미안한 웃음을 지었다.

"너무 깊이 잠들었나?"

집이라는 공간이 그를 편안하게 만들었던 모양이다. 전장에서 지냈던 지난 2년간의 긴장을 하루아침에 녹여 버릴 정도로 말이다.

시선을 돌리던 세영은 조촐하게 차려진 밥상을 발견할 수 있었다.

절로 입가에 그려지는 미소는 먹을 걸 찾았다는 기쁨 때문만은 아니었다.

게다가 밥상에 차려진 것은 밥과 반찬만이 아니었다. 자세히 보지 않으면 제대로 읽기 어려울 정도로 삐뚤빼뚤 쓰인 짧은 서찰과 몇 푼의 돈이 그 위에 놓여 있었던 것이다.

주책없이 눈가로 물기가 어렸다. 당황한 마음에 황급히 고개를 돌리고 눈가를 비벼 물기를 지웠다. 그렇게 돌려진 시선으로 방 한구석에 엉망으로 개여 있는 아버지의 이부자리가 들어왔다.

왠지 모르게 피식 웃음이 새어 나온 세영은 이불을 펼쳐 다시 반듯하게 개어 놓았다. 그 위에 베개를 올리던 세영은 문득 베갯잇에 남은 얼룩을 보았다.

그것은 아들의 무사 귀환에 밤새워 흘렸을 아버지의 눈물 자국이었다.

그 얼룩 자국 하나하나가 자신이 그렇게도 그리워하던 부친의 품으로 돌아왔음을 절절하게 느끼게 해 주었다.

그렇게 부친의 흔적을 쫓던 세영의 시선에 특이한 것이 잡혔다.

베게 옆에 놓여 있던, 손아귀에 쏙 들어올 정도로 작은 나무토막을 집어 든 세영이 그것을 세세히 살폈다.

단단하다 느껴질 정도로 정성을 들여 가죽을 감아 놓았는데, 그곳엔 잇자국들이 선명하게 남아 있었다.

"고문 기구?"

처음에 든 생각은 사로잡은 범인의 입에 이걸 물리고 갖은 고문을 해 대는 것이었다. 하지만 그런 물건을 집에 둘 이유가 없다는 생각이 들었다.

'그럼 뭐지?'

고개를 갸웃거리다 떠오른 생각 하나.

피식-

자신도 모르게 입술을 비집고 흘러 나가는 웃음을 참을 수 없었다.

부친이 청상과부들처럼 손에 든 나무토막을 입에 물고 밤마다 바늘로 허벅지를 찌르는 장면이 떠올렸던 것이다.

"밤마다 이걸 물고 외로움을 참으시는 건가? 참 나, 아버지도. 이참에 새장가나 보내 드릴까?"

말을 내뱉고 보니 입맛이 썼다.

하얀 머리카락은 차치하고, 이마와 눈가에 자리 잡은 주름이 너무 깊었다. 새장가는커녕 친구하자고 나설 할머니도 구하기 어려울 정도로…….
 쓸쓸한 입맛을 다시며 밥상에 놓인 서찰을 들었다.

〈아침 먹고, 동네나 한 바퀴 돌아보며 쉬어라. 돈은 점심 때 국밥이라도 사 먹고. 며칠 후부터 순군영에서 일할 수 있도록 손을 써 놓을 터이니 그간은 푹 쉬고.〉

 삐뚤빼뚤, 제대로 배우지 못한 글로 최선을 다해 적은 부친의 글귀들이 눈을 아프게 찔러 왔다.
 새벽같이 아버지가 일을 나가는 것도 모르고 잠에 취해 있던 철없는 아들이다.
 하지만 정작 아버지는 그 자식이 깰까 도둑처럼 조용히 나가면서, 점심값까지 챙겨 두었다.
 그 마음이 가슴속 깊이 와 닿았다.
 이제 정말 집에 왔구나 하는 느낌이 세영의 마음을 포근하게 감싸 안았다.

 세영은 부친이 차려 두고 나간 밥을 먹었다. 거친 보리 밥알이 내는 단맛이 깊었다.
 혹시 그간 배라도 곯았을까 걱정한 아버지의 깊은 걱정이 어제와 마찬가지로 큰 대접에 수북이 쌓아 올린 밥으로 와 닿았다.

좀처럼 줄지 않는 밥 양을 바라보며 쓰게 웃은 세영이 천천히 모두 퍼 먹었다.

그렇게 식사를 끝낸 세영은 밥상을 물리고 설거지를 끝낸 후, 천천히 집을 나섰다.

집으로 먼저 향한 까닭에 미처 끝내지 못한 일들이 남아 있었기 때문이다.

❁ ❁ ❁

강화 내륙에 자리한 행궁의 좌우로 도방과 정방, 그리고 군부의 군영들이 즐비하게 늘어서 있었다.

분주하게 오가는 군병들의 수가 많아 관아와 군영이 좀처럼 구별되지 않았다. 더구나 무슨 이유에선지 현판도 제대로 구비되지 않아 자신이 갈 곳을 찾느라 애를 먹어야 했다.

그렇게 한참을 묻고 헤맨 끝에 위위시(衛尉寺)의 군영을 찾아들었다. 그곳에서 세영은 위위시의 수장인 위위경(衛尉卿), 이척 대장군과 마주 앉았다.

"그래, 김 별감… 아니, 이젠 병마사라 불러야 하겠군. 그분께선 잘 계시는가?"

"여전하시죠. 사형께서도 대장군께 안부를 전해 달라 하셨습니다."

"그 혼란의 와중에도 내 안부를 챙겨 주셨다니, 고마운 일이야."

 자신의 말에 그저 멀뚱히 서 있는 세영에게 이척이 물었다.

"그래, 동북면으론 떠나셨던가?"

"제가 떠날 땐 아직 처리할 일이 남았다며 충주에 계셨습니다."

"그랬군. 그 맹장을 적지나 다름없는 동북면으로 보내다니……. 다 조정에 힘이 없기 때문일세."

 이척의 씁쓸한 음성에 세영이 말했다.

"이해한다 하셨습니다."

"고마운지고……. 그래, 내게 전해 줄 것은 없고?"

 이척의 물음에 세영은 그간 품에 넣고 다니던 서찰을 꺼내 전했다. 그것을 펼쳐 읽는 동안 이척은 꽤나 다양한 표정을 보여 주었다.

"허허, 자네, 대단한 사람이로구만."

 서찰을 모두 읽은 이척의 첫마디였다.

 제발 아무 말 말고 포교 자리나 하나 내주라는 부탁이나 해 달라던 자신의 말을 사형은 사뿐히 지르밟았던 모양이었다.

"무… 어라 적혀 있기에……?"

"자네가 벤 적장의 목이 서른을 넘긴다면서?"

"아… 하하하."

서툰 웃음만 지어 보였다. 틀린 말이 아니니 거짓이라고 할 수도 없고, 그렇다고 내가 한 일이라고 떠벌릴 수도 없었던 것이다.

그런 세영을 바라보며 이척이 말을 이었다.

"김 병마사께서 없는 말을 지어낼 양반도 아니고……. 참! 자네, 김 병마사의 사제라고?"

"예."

"역시 그 사형에 그 사제로구먼."

무조건적인 칭찬에 세영은 그저 어설프게 웃을 뿐이었다.

"그나저나… 이건 또 무슨 소린 줄 모르겠군."

"무엇이 말입니까?"

"자네가 포교가 될 수 있게 도와달라는 말 말일세."

그제야 세영의 입가에 머물던 웃음이 환하게 밝아졌. 싹 무시하고 엉뚱한 소리만 적어서 보냈나 싶었더니 자신의 뜻을 전하긴 전한 모양인 듯싶었기 때문이다.

"제가 사형께 부탁을 드렸었습니다."

"자네가?"

"예."

"아니, 왜? 이곳에 적힌 공로라면 장군의 자리도 어렵지 않을 터인데?"

"가업… 입니다."

"가업?"

"예."

"포교를 가업으로 삼는다……?"

신분이 중인 이하란 소리였다. 하지만 상관없었다. 무인들이 정권을 잡은 이래로 호족 출신이 아니더라도 무예만 뛰어나다면 출세할 길은 무한했으니까.

"예, 칠 대가 이어 온 걸로 알고 있습니다."

"허허허, 그만한 시간이면 그쪽으로도 일가를 이루었겠구먼."

전승되는 능력은 잘 모른다. 그에 대해서 배워 본 적은 없으니까.

"잘 모르겠습니다."

"하긴 산에서 내려오자마자 전선에 있었다니 배울 시간이 없었기도 하겠지. 하면 가족이 모두 포교인건가?"

가족… 그 단어에 마음이 아렸다.

"아버님… 뿐입니다."

자신은 가족이라 불릴 수 있는 사람을 답한 것이었지만, 이척은 포교로 일하는 사람을 물었던 모양이다.

"가업이라 하지 않았나?"

"그게… 제가 태어나기 이전에 모두 순직하신 것으로 압니다."

전란 통이다. 전투에 동원되었든, 혼란을 틈타 창궐한 도적 무리에게 죽임을 당했든 포교가 화를 입을 만한 일은 너무 많았다.

"흠… 괜한 걸 물은 모양이로군. 미안함세."

"아닙니다."

"하면 가족이……?"

"부친과 저뿐입니다."

"이런, 같은 실수를 두 번이나 하는군. 미안하네."

"괘념치 마십시오."

세영의 답에 이척이 미안한 표정으로 물었다.

"그런 상황에서 하나뿐인 아들을 비맥(秘脈)의 문하로 들여보냈다니 춘부장께서 대단한 결심을 하셨군."

"전선으로 차출되셔서 어쩔 수 없었던 것으로 기억합니다."

"흠… 그랬구먼. 그나저나 자네, 꼭 포교를 고집할 필요는 없지 않나? 이참에 가업을 포교가 아니라 장군으로 바꿔 보는 것도 나쁘진 않을 듯싶은데 말이야."

빙긋이 웃으며 묻는 이척에게 세영이 고개를 저어 보였다.

"그저 포교로 족합니다."

"이거야, 원. 내 나중에 김 병마사께 한 소리 듣겠구먼."

"예?"

의아해하는 세영에게 이척이 웃으며 답했다.

"가능하다면 자넬 설득해 달라 서찰에 적혀 있어서 말일세."

역시나……. 스스로는 높은 벼슬을 모두 마다하고 전선에 남아 있었으면서 사제의 일엔 끝까지 미련을 버리지 못한 사형이었다.

 그것이 관심과 애정에서 비롯되었다는 걸 아는 세영은 화를 낼 수도 없었다.

 "제 고집이 이길 걸 사형도 알고 계실 겁니다."

 "하긴 그 사형에 그 사제인데 어찌 그 고집을 꺾을까. 하하하!"

 조정이 자신에게 내렸던 고위직을 대부분 거절했던 사형의 전적을 말하는 것이리라.

 그런 이척에게 세영은 작게 웃어 보였을 뿐이었다.

 "자, 그럼 내 자네가 원하는 대로 처리해 줌세. 그럼 되겠는가?"

 "예, 감사합니다."

 고개를 숙이는 세영에게 이척이 말했다.

 "내 오늘 순검도령(巡檢都領)에게 일러 둘 터이니 내일 순군영으로 가 보게. 하면 그가 알아서 처리해 줄 걸세."

 "감사드립니다, 대장군."

 다시 고개를 숙이는 세영에게 이척이 손사래를 쳤다.

 "세운 공로에 비해 턱없이 부족한 처우일세. 고마운 게 아니라 욕을 해야 할 일이라고, 이 친구야."

 "아닙니다. 대장군의 배려에 감사드립니다."

공손한 세영의 자세가 마음에 들었던지 이척이 사족을 달았다.

"혹여 훗날 마음이 변하거든 주저하지 말고 말해 주게. 내 자네의 공로에 맞는 자리를 찾아 줄 터이니. 물론 그것이 아니라도 도움이 필요한 일이 있거든 서슴지 말고 찾아오고."

그 말에 다시금 고개를 숙이는 세영을 바라보며 이척은 푸근한 미소를 지어 보였다.

제3장
아버지의 전쟁

 위위시를 물러 나온 세영은 기억에 남은 시전과 지금의 시전을 비교해 가며 거리를 걸었다.
 싸움과 피가 없는 거리는 나름대로 즐거운 구경거리였다. 그렇게 사람 구경을 하며 점심과 오후 나절을 보낸 세영은 해가 기울어서야 집으로 향했다.

 세영이 집에 도착했을 때에는 어느새 퇴청한 의한이 부엌에서 저녁 준비에 여념이 없었다. 늙은 몸으로 쌩쌩한 아들을 먹이겠다고 분주히 움직이는 부친의 모습에 세영이 끼어들었다.
 "내가 할 테니 나가 있어요."

소매를 걷어붙이고 부엌으로 들어선 세영이 나물을 무치던 바가지를 슬쩍 빼내 쥐었다.

"네놈이 뭘 할 줄 안다고?"

부친의 타박에 세영이 미소를 지었다.

"이런 건 애들 장난이죠. 사부 등쌀에 내가 못하는 요리가 없게 되었다니까? 그러니 맡겨 두슈."

딴엔 걱정하지 말라고 한 말이었는데 그 소릴 들은 의한의 얼굴이 굳어졌다.

어린아이를 데려다 고생만 시켰다는 생각이 든 것이다. 그 생각을 얼른 알아차린 세영이 말을 보탰다.

"그렇다고 사부가 나쁜 사람은 아니었으니까, 그런 표정 짓지 마요."

누가 포교 아니랄까 봐 말이 과거형이라는 것을 재빨리 알아챈 의한이 물었다.

"었으니까?"

"아… 하하하, 그, 그게 가… 출하셨어요."

"가출?"

어이없어 하는 부친의 마음을 이해했다. 빈방에 딸랑 하나 남은 서찰을 보고 자신도 들었던 감정이기에.

"뭔 놈의 스승이 제자를 버리고 가출을 해!"

"그, 그게… 수행이라고 해도 되고……."

부친의 격정 어린 반응에 세영이 얼른 사부의 변명을 하고 나섰다.

　하지만 그 말만으론 아버지의 걱정을 일소할 순 없었던 모양이다.

"빌어먹을 영감탱이… 영감은 맞지?"

"그, 그야……."

　가끔 노친네라고 놀려먹던 사부였다. 하니 영감탱이도 틀린 표현은 아닐 것이다. 어색하게 웃는 세영에게 의한이 뒤늦게 생각난 것을 물었다.

"근데 그게 언젠데?"

"이 년 전이요."

"이 년! 그럼 그간 어디서 무얼 한 거고?"

　의한의 물음에 세영이 어설픈 미소를 지었다.

"아아, 나중에, 나중에. 지금은 제발 나가서 씻기나 하슈."

　등을 떠미는 세영의 성화에 못 이겨 마지못해 부엌을 나선 의한이었지만, 그의 얼굴은 그간 무슨 고생을 했을지 모르는 아들에 대한 걱정으로 가득했다.

　아들이 차린 밥상을 받은 의한은 좀처럼 수저를 들지 못했다. 자식이 차린 밥상을 처음 받은 감격이 가슴을 흔든 까닭이다.

　그런 의한의 손에 세영이 수저를 쥐여 주었다.

"밥상 놓고 제사 지내슈?"

"그놈, 말본새 하고는……."

투박한 핀잔이 튀어나왔지만 의한의 표정만큼은 대견함으로 가득했다.

"그러니까 일단 먹자고요."

세영의 재촉에 비로소 수저를 움직이며 의한이 물었다.

"그나저나 아까 하던 말은 뭔 소리냐?"

"뭐가요?"

"이 년 전에 네 사부가 가출했다는 말 말이다."

"말 그대로예요. 바람 쐬러 가니 사형에게 내려가 있으라는 서찰 하나 딸랑 남겨 두고 사라졌거든요."

"하면 도대체 그간 어디에 있던 것이고? 설마 혼자 있었던 게야?"

부친의 물음에 세영이 조심스럽게 답했다.

"사형한테 가 있었어요."

"사형?"

"왜, 날 데려갔던 사람 말이요."

"누구……? 혹시 김윤후 장군!"

놀라는 부친에게 세영이 고개를 끄덕여 보였다.

"예."

"그가 네 사형이란 말이야?"

"예."

"이런 인연이……."

하긴 데려갈 때부터 자신의 사백에게 맡긴다고 하였었다. 그러고 보면 자연스레 사제가 되는 것을 지금까진 미처 깨닫지 못하고 있었던 것이다. 한데, 그 놀람의 뒤로 미처 생각지 못했던 문제가 따라왔다.

"그, 그럼 너, 충주 산성에 있었던 게냐?"

"에… 뭐, 그, 그… 렇죠."

물어오는 의한의 눈이 하도 무섭게 뜨여 있어서 세영은 답을 더듬어야만 했다.

"이런 미친! 그 위험한 곳에 널 두었단 말이더냐!"

"그, 그렇게 위험하진 않았수."

"말도 안 되는! 이 아비가 귀도 없는 줄 아는 게야!"

의한이 불같이 역정을 내는 것은 최근 몇 년 동안 가장 치열한 전투가 벌어졌던 곳이 바로 충주 산성이었기 때문이다.

"어, 어디 상한 곳은 없고?"

뒤늦게 아들의 이곳저곳을 살피느라 분주한 의한에게 세영이 미소를 지어 보였다.

"없어요. 이뵈요, 팔다리 다 잘 돌아가잖우."

말하며 이리저리 움직여 보이는 세영을 확인한 의한이 안도의 한숨을 내쉬었다.

"휴우~ 그렇다니 다행이긴 하다만은… 그 양반도 참, 사형이라는 사람이 애를 하필이면……."

하나뿐인 아들이 위험한 곳에 있었다는 것이 못내 마음

이 쓰였던지 중얼거리는 의한의 음성엔 그를 충주 산성으로 이끈 사부와 김윤후에 대한 원망이 잔뜩 채워져 있었다.

그런 의한에게 세영이 조심스럽게 말했다.

"나… 그곳에서 약간의 공을 세웠수."

"공을? 네 녀석이?"

"예."

"얼마나?"

"별건 아니고."

"그럼 네 녀석이 무슨 큰 공이라도 세웠을 거라고 생각할 줄 알았던 게야? 사고나 치지 않았다면 다행인 게지."

여전히 어린아이로 보는지 의한은 아들이 사고나 치지 않았을까 걱정하고 있었다.

"어째 아들에 대한 믿음이 상당히 부족해 보이우?"

"내 기억에 남은 네놈 행실을 생각하면 당연한 거 아니겠냐."

"그땐 어렸잖수!"

"다섯 살이면 다 큰 거지, 어리긴……."

아버지의 억지에 세영은 삐죽거렸지만 그걸로 싸움을 걸진 않았다.

"여하간 그 일로 사형께 추천서를 하나 받았소."

추천인이 사형이라는 소리에 의한은 알 만하다는 표정을 지었다.

개인적인 인맥에 의지해 추천서를 받은 모양이라 생각했던 것이다. 그러니 작은 공이라 에둘렀을 것이고.

"어떤 추천서였더냐?"

"순군영에 일자리를 알아봐 준다고 하였으니, 그에 대한 것일 거유."

제 입으로 작은 공이라 말했다. 거기다 개인적인 인맥에 의한 추천서였다. 그렇다면 지금 같은 시절에 높은 자린 어려울 것이 자명했다.

기껏해야 정용, 제아무리 날고 기어 봐야 포쾌가 한계일 터였다.

'빌어먹을 인사, 비맥 어쩌고 할 때부터 알아봤어야 하는 건데.'

"흠… 그런 거라면 구태여 신세를 지지 않아도 되었을 것을……."

그 정도라면 의한의 힘만으로도 가능했기 때문이다.

자그마치 7대가 근무했던 직장이다. 거기다 포교들 중 가장 고참인 의한의 부탁을 외면할 이들은 순군영에 아무도 없었다.

하지만 말끝을 흐렸다.

적어도 아비의 힘보다는 자신의 힘으로 얻은 직장이 더 자랑스러울 테니까. 그것이 개인적인 인맥에 기댄 것일지라도…….

그래서 말을 바꾸었다.

"대견하구나. 그래, 네 공으로 얻는 것이니 그게 낫겠다."

부친의 말에 세영이 미소를 지어 보였다.

저녁상을 물린 의한과 세영은 이런저런 이야기를 나누다 어제처럼 한 방에서 잠이 들었다.

16년 만에 다시 아버지의 곁에서 잠든 세영에게는 참으로 꿀같이 달콤한 자리였으나, 의한에겐 식은땀으로 목욕을 해야 하는 인고의 시간이었다.

❈ ❈ ❈

세영을 김윤후의 손에 딸려 보낸 의한은 나라의 명을 좇아 동북면의 주진군(奏陣軍)인 우군(右軍)에 복명했다.

의한처럼 우군에 복명한 병사들은 강화에 주둔하고 있는 중앙군 각 부대에서 끌어모은 마흔 이상의 노병들이었다.

부족한 전선의 병력을 채우긴 해야겠고, 건장한 젊은 병사들을 빼내자니 자신들의 권력 기반인 중앙군의 전력이 약화될까 두려웠던 무신들은 그렇게 늙고 힘이 빠진 노병들을 추려 생색만 내었던 것이다.

수도 겨우 9백에 불과해 군이라는 단위가 무색할 지경이었다. 그들을 지휘하는 우군절제사는 말에 앉아 있는 것도 힘들어 보이는 상늙은이였다.

지휘관도, 병사도 늙은 우군은 그렇게 강화를 떠나 함주(咸州:함흥)로 향했다.

우군이 함주로 향하는 동안 다수의 의병들이 합류해 왔다. 그 덕에 함주에 도착했을 때 우군의 병력은 1천 2백으로 늘어나 있었다.

함주에서 그들을 기다리고 있던 동북면 병마사는 동북면 병력 3천에 우군을 합류시켜 동북면 방어군을 구성했다. 그들은 약간의 휴식을 취한 후 곧바로 위급을 알려 온 경성읍성으로 출병했다.

밤을 도와 행군했지만 불행히도 동북면 방어군이 도착했을 때는 이미 경성읍성이 몽고군의 수중에 떨어진 후였다. 그에 동북면 병마사는 경성읍성 주변에 진을 설치하고, 병력을 주둔시켰다.

뒤늦게 경성읍성의 위급 소식을 듣고 달려온 의병들이 속속 동북면 방어군에 합류하며 군세는 6천에 달했다.

경성읍성에 들어 있는 몽고군의 수가 겨우 2, 3천에 불과하다는 잘못된 정보를 접힌 동북면 방어군은 곧바로 공성에 나섰다.

상대가 정예군이라고는 하나 그 수가 자신들의 절반에 불과하고, 더구나 수성전에 경험이 적은 몽고 기마대라는 점에서 동북면 병마사는 나름대로 승리를 확신하였던 것이다.

그렇게 시작된 경성읍성 전투는 너무나 싱겁게 끝나 버렸다.

수성전에 임하리라 예상했던 몽고군이 그 예상을 비웃듯이 성문을 열고 뛰쳐나와 고려 동북면 방어군을 단번에 휩쓸어 버린 것이다.

예상과는 정반대로 고려군의 2배에 달하는 몽고 기마대의 말발굽에 동북면 방어군은 철저하게 유린당한 채 패배했다. 그리고 그 한 번의 패배로 동북면 방어군은 괴멸당했다.

동북면 병마사를 포함한 대부분의 고위 장수들이 전사했고, 병력도 크게 깎였다. 6천에 달하던 병사들 중 4천이 전사했고, 간신히 목숨을 건진 2천가량의 병사들은 사방팔방으로 흩어져 도주했다.

그 와중에 후미의 병참 물자를 지키느라 도주 시기를 놓친 병사들은 고스란히 포로가 되었다.

그 불운한 병사들 속엔 두려움으로 가득한 의한도 끼어 있었다.

❈   ❈   ❈

과거의 편린을 마주 대하는 동안 온몸을 저미던 고통이 가라앉았다.

입에 물고 있던 나무막대를 뱉어 내며 창가를 보니 어느새 뿌옇게 밝아 오고 있었다. 세영이 깨지 않게 아주 천천히 일어선 의한이 밖으로 나왔다.

 웃통을 벗고 고통을 참느라 흘린 땀을 씻어 냈다.

 새 옷으로 갈아입고 서둘러 아침상을 마련하여 방으로 들어서는 소리에 세영이 벌떡 일어났다.

 "이런, 곤하게 자는 것을 내가 깨운 모양이로구나."
 "아니요."

 얼른 일어나 밥상을 받아 드는 세영에게 의한이 말했다.

 "졸리면 더 자고."
 "이제 일어나야죠."

 조심스럽게 내려놓은 밥상엔 밥그릇이 하나뿐이었다. 그것에 의아한 표정을 짓자 의한이 미소를 지었다.

 "난 순군영에 나가서 야번조(夜番組)와 함께 밥을 먹으마."

 "밥이 모자라는 거면 내가 얼른 새로 짓겠수."

 "밥이 모자라서 그러는 게 아니라, 네가 없는 동안 죽 해 오던 일과였다. 갑자기 바꾸기 어려워서 그러는 것이니 걱정하지 마라."

 의한의 말에도 불구하고 세영은 걱정을 떨쳐 버리지 못했다.

 "그럼 가서 꼭 챙겨 드시우."

"오냐. 그럼 쉬어라."

서둘러 집을 나서는 의한을 세영이 배웅했다.

"이따 봅시다."

"이따?"

"어제 말했잖수. 추천서를 받았다고."

"아! 그랬지. 그나저나 더 쉬지 않고?"

"적당히 쉬었수."

세영의 답에 의한이 웃어 보였다.

"알았다. 하면 이따 보자꾸나."

"예."

세영의 배웅을 받으며 의한이 순군영으로 향했다.

세영이 순군영으로 향한 것은 점심나절이 가까워서였다. 청탁이라면 청탁일 사안을 들고 아침부터 찾아가는 것이 미안했던 까닭이다.

그렇게 세영이 순군영에 도착했을 때, 의한은 순찰을 위해 자리를 비운 상태였다.

"어떻게 오셨소?"

순검 복장을 갖췄으나 견장(肩章)도 없고, 전립(氈笠)도 쓰지 않았다. 순검의 가장 아래인 정용(精勇)이 분명했다.

"순검도령을 뵈러 왔소."

"순검도령을… 뉘시라 전할까요?"

대번에 말투가 바뀌었다. 순검도령을 만나러 온 사람이니 지체가 높을 것이라 짐작한 것이다.
"박세영이라 전해 주시오."
세영의 말에 순군영의 정문을 경비하던 정용은 곧바로 안으로 달려 들어갔다.
그리고 얼마 후, 그가 숨을 헐떡거리며 돌아왔다.
"드시랍니다."
정용의 태도는 이전보다 더 공손해져 있었다.
순검도령이 지체 없이 만나 주는 사람인 것을 확인한 까닭이었다.
그의 안내로 순검도령의 집무실로 든 세영은 무인답지 않게 부드러운 인상의 순검도령과 마주할 수 있었다.
"어서 오게. 순검도령을 맡고 있는 김솔이라 하네."
"박세영입니다."
"우선 앉게."
자신의 권유에 세영이 자리에 앉자 김솔이 말을 이었다.
"위위경이신 이척 대장군께 말은 들었네. 한데, 자네… 박포교와는 어찌 되는 사이인가?"
몰라서 묻는 것은 아니다. 이틀 전에 포령을 앞세운 의한이 찾아와 아들의 채용을 부탁했었으니까.
그럼에도 묻는 것은 겨우 중인 출신의 포교 아들이 어떻게 위위경 정도의 고위 인사와 인연을 맺었는지 궁금한 것이었다.

　그것을 알아차린 세영이 선선히 답했다.

"제 아버님 되십니다."

"하면 위위경과는 어찌……?"

"제 사형의 친우 되십니다."

"사형?"

"충주 산성 방호별감이 제 사형 되십니다."

　세영의 답에 김솔의 눈이 커졌다.

"설마… 얼마 전에 동북면 병마사로 임명되신 김윤후 장군?"

"예."

"허허, 그런……."

　이제 돈을 써서 자리를 샀다는 의심은 씻은 듯이 사라졌다. 하긴 위위경인 이척 대장군이 돈 몇 푼에 포교 자리나 알선할 사람은 아니었다.

　의심한 것이 미안했던지 김솔의 목소리가 부드러워졌다.

"이척 대장군께선 자네가 포교 자리를 원한다 하던데?"

"그렇습니다."

"원한다면 포두 자리를 내줄 수도 있네."

　이름뿐인 상장군이라지만 김윤후나 위위경인 이척의 얼굴을 보아서도 그 정도는 해 줄 수 있었다.

　하지만 세영은 조심스럽게 고개를 저어 보였다.

"포교면 만족합니다."

"허허, 이척 대장군의 말씀대로로군. 그럼 이것을 받게."

"무엇입니까?"

"펼쳐 보게."

김솔의 말에 서찰을 펼쳐 든 세영의 눈이 커졌다.

"이건……."

"대장군께서 포교에 맞추느라 이 정도에서 멈추었노라 전해 달라 하셨네."

그 말이 더 놀라웠다.

자신이 받아 든 서찰은 다름이 아니라 벼슬을 내리는 조정의 교서였기 때문이었다.

제아무리 가장 말단의 무관직인 종9품의 대정(隊正)일지라도, 일개 장수가 제 맘대로 벼슬을 내릴 수 있다는 사실이 놀랍기만 했던 것이다.

그렇게 놀란 세영에게 김솔이 말을 이었다.

"대장군의 말씀으론 무위가 뛰어나다고?"

"과찬하신 겁니다."

"대장군이 어디 쓸데없이 칭찬을 늘어놓을 사람인가. 해서 내 자네에게 한 가지 부탁을 해 볼까 하네만."

"부탁이라시면……?"

걱정스럽게 묻는 세영에게 김솔이 답했다.

"지금은 사라진 조직을 하나 재건하고자 하네."

"그게 무엇입니까?"

"비호대(飛虎隊)일세."

"비호대……?"

"일종의 특수 임무를 맡는 조직일세. 집단화된 불법 단체나 불순한 무장 세력을 상대하는 것이 바로 비호대가 하는 일이었지. 순검위가 순군영으로 축소되면서 사라진 조직일세."

"왜 그곳을 다시 세우려 하십니까?"

순검위가 순군영으로 축소된 것이 벌써 40년 전이다. 한데, 이제야 순검위 시절의 조직을 재건하려는 의도가 불안했다. 자칫 그렇게 걱정하던 권력 싸움에 이용당할까 불안했던 것이다.

"그게… 이렇게 말하면 내가 너무 사사로이 움직인다 책할지도 모르겠네만… 내 할아버님이 마지막 비호대주셨네. 할아버님께 그 시절의 이야기를 들으며 내 언젠가 반드시 재건하겠다고 생각했었지. 그걸 자네가 맡아 달라는 것일세."

말하는 김솔의 눈에 열망이 가득했다. 그건 분명 권력 싸움을 향한 이들의 탁한 눈빛은 아니었다.

그것을 확인한 세영의 입가에 희미하게 미소가 깃들었다.

"그런 의도시라면… 맡아 보겠습니다."

"정녕 그렇게 해 주겠는가?"

"예, 해 보겠습니다."

"고맙네. 그리고 위위경께 들으니 자유롭게 움직일 시간이 필요하다고?"

"미련하여 아직 사문의 무예를 다 익히지 못한 까닭에……. 선처를 부탁드립니다."

"그런 거라면 내 자네의 자유를 최대한 보장함세."

"감사합니다."

세영과의 대화가 끝나자 김솔은 사람을 시켜 순군영의 인사를 담당하는 최 포령(捕領)을 불러들였다.

"찾으셨습니까?"

"새로 부임해 온 포교일세. 정식 무관으로 부임해 온 것이니 잘 대해 주게."

김솔의 말에 최 포령은 꽤나 놀란 표정이었다.

"정식 무관이 포교에 말입니까?"

최 포령의 놀람을 이해한다는 표정으로 김솔이 물었다.

"오랜만이지?"

"제 기억이 맞다면 십 년 만입니다."

"그렇게 오래되었던가?"

"예, 워낙 무관의 수가 부족했던 터라……. 하면 직급이……?"

"대정일세."

너무나 오랜만이라 기억이 가물가물했지만 포교라면 대

정의 직급이 맞았다.

"그렇군요. 하면 어디에 배속을 하올지?"

최 포령의 물음에 김솔이 뿌듯한 표정으로 답했다.

"비호대로 해 두게."

"비호대… 드디어 재건하는 것입니까?"

기대와 걱정이 뒤섞인 최 포령의 물음에 김솔이 고개를 끄덕였다.

"그러하네. 앞으로 최 포령이 많이 도와주어야 할 게야."

"그리하겠습니다."

순순히 고개를 끄덕이는 최 포령에게 김솔이 말했다.

"우선 열 명의 포쾌를 박 대주가 원하는 대로 뽑게 해 주게."

김솔의 명에 최 포령이 다시 고개를 조아렸다.

"그리하겠습니다."

"하면 데려가서 다른 이들에게 소개해 주게."

"예, 순검도령."

복명한 최 포령은 순검도령의 집무실을 나와 곧바로 세영을 순군영에 근무하는 군관들의 집무실이 모여 있는 곳으로 이끌었다.

"원래대로라면, 순검도령 밑에 포장이 계시고, 그 밑에 내가, 또 아래에 포두가 넷 있어야 하지만 포장과 포두는 모두 공석일세. 포교도 정원의 절반에도 못 미치는 셋뿐이지.

아니, 이제 자네가 왔으니 딱 절반인 넷이 된 셈이로군."
 작은 서탁 8개가 놓인 포교들의 공동 집무실은 생각보다 작았다. 마치 서탁 8개를 억지로 욱여넣은 것처럼.
"어서 오십시오."
 세영을 이끌고 들어서는 최 포령을 발견한 포교들이 자리에서 일어섰다. 그곳엔 세영이 순군영에 들어올 때 순찰을 나갔다던 의한도 자리를 하고 있었다.
"아, 박 포교도 있었군. 가만, 그러고 보니 비호대주도 박씨로군. 이거 큰 박 포교, 작은 박 포교로 나눠 불러야 하나?"
"하하하."
 포령의 농에 포교들이 작게 웃었다. 그런 이들을 보며 최 포령이 말을 이었다.
"신임이라 하나 이쪽은 정식 무관이니 알아서들 잘 모시게."
 그 말에 모여 있던 포교들의 눈에 놀람이 들어섰다. 특히 의한의 눈엔 경악에 가까운 기쁨으로 가득했다.
"근데… 박 포교와 자네, 묘하게 닮았군."
 최 포령의 말에 세영이 희미하게 웃었다.
"제 아버님 되십니다."
 세영의 말에 최 포령이 크게 놀랐다.
"박 포교의 아들? 가만, 아들이 둘이었나?"

최 포령의 물음에 의한이 고개를 저었다.

 "어딜요, 저 아이 하나입죠."

 "하면 정용에 채용해 달라 하던 아들이……?"

 최 포령의 놀람에 의한이 멋쩍은 표정을 지었다.

 "제 생각보다 잘난 아들을 두었던 모양입니다요, 포령 어른."

 "이런, 이런, 허허허! 개천에서 용이 난 게 아닌가? 축하할 일이로군. 축하하네, 박 포교."

 최 포령이 축하한다 말하는 것은 정식 무관, 다시 말해 벼슬을 내려 받고 조정에 출사한 아들을 둔 것을 말하는 것이었다. 같은 포교라도 급이 달랐으니 말이다.

 최 포령의 말에 다른 포교들도 서둘러 의한에게 축하의 인사를 전했다.

 "축하드립니다, 형님."

 "이거, 술 한잔 내셔야겠습니다, 형님."

 다른 두 포교의 축하 말에 의한은 웃음을 지우지 못했다. 그런 의한에게 최 포령이 말했다.

 "참! 박 포교, 이거… 원, 이참에 아예 작은 박 포교로 정하든지 해야지."

 최 포령의 말에 세영은 희미하게 웃었다. 그런 그를 바라보며 최 포령이 말을 이었다.

 "작은 박 포교는 비호대주로 임명되었네. 도령께서 비호대로 쓸 포쾌 열 명을 마음대로 뽑을 수 있는 특권을 주셨으니 박 포교가 잘 도와주게. 아들의 일이 아닌가."

최 포령의 말에 의한이 고개를 조아렸다.

"여부가 있겠습니까."

"그럼 내 박 포교만 믿고 가네."

다시 한 번 고개를 조아리는 의한을 일별한 최 포령이 세영의 어깨를 가볍게 두드렸다.

"잘해 보게. 혹 내 도움이 필요하거든 언제든지 찾아오고."

"감사합니다."

세영에게 인사를 받은 최 포령은 이내 포교들의 집무실을 나갔다.

제4장
순군영

최 포령이 나가자마자 의한이 다가섰다.
"이게 어찌 된 일이냐?"
부친의 물음에 세영은 작게 미소를 지었다.
"생각보다 사형의 입김이 셌던 모양이우."
자신의 공이 아니라 사형의 영향력으로 돌리는 세영의 말을 의한은 곧이곧대로 믿는 듯했다.
"일단 일어나자꾸나. 내 순군영의 식구들을 소개해 줄 터이니."
앞서는 의한을 따라 나선 세영은 포반이란 현판이 걸린 커다란 전각에 도착했다.
"포쾌나 정용들이 쉬는 공간이다. 일종의 대기실이라 보면 될 게다."

 문을 열고 들어서자 쉬고 있던 포쾌와 정용들이 자리에서 일어섰다. 그런 그들에게 편히 하라는 듯이 손을 저어 보인 의한이 말했다.

"앉아. 그냥 쉬면서들 들어. 내 일전에 말한 대로 아들이 순군영에 들어왔네."

 의한의 말에 사람들의 시선이 세영에게 향했다.

"그 친구입니까?"

"잘생겼는데요?"

"박 포교님보다 미남입니다."

"여자깨나 울리겠는데요."

 거침없는 표현들이 쏟아졌다. 그렇다고 악의가 담긴 말은 아니었다. 그냥 격의 없는 환영의 표시 정도⋯⋯. 그것은 의한이 자신의 아들이 정용으로 들어올 것이니, 잘 대해 주라 말했던 것에 기인한 반응들이었다.

 그에 의한이 미안한 표정으로 세영을 바라보았다.

"내가 정용으로 들어온다고 말해서 그런 게다."

"상관없수."

 미소 짓는 세영을 바라보던 의한이 포쾌와 정용들에게 말했다.

"정식으로 소개하지. 내 아들이고, 이름은 박세영. 오늘부로 대정을 제수받고 포교에 임관한 아이일세."

의한의 말에 포반이 순식간에 침묵에 휩싸였다.

상급자, 그것도 얼마든지 더 위로 올라갈 수 있는 정식 무관에게 농지거리를 던져 버렸기 때문이다.

그렇게 굳어 버린 포쾌와 정용들에게 세영이 인사말을 건넸다.

"잘 부탁하지."

앞서 들은 농들에 대해 아무 말도 없는 세영의 응대에도 불구하고, 포쾌와 정용들은 신임 포교에게 찍히게 만들었다는 생각 때문이었는지 의한을 원망스런 눈초리로 바라보았다.

그런 포반에서 서둘러 나온 의한은 세영이 맡은 비호대가 사용할 전각으로 안내했다.

그날은 그렇게 앞으로 함께할 사람들을 만나고, 자신이 쓸 전각을 안내받는 것으로 하루를 마무리했다.

※　　※　　※

다음 날, 순군영에 정식으로 등청한 세영을 의한이 잡아끌었다.

"아- 어디로 가는 건지는 알고나 갑시다?"

세영의 물음에 의한이 시큰둥하게 답했다.

"그냥 따라오기나 해, 이놈아. 내 오늘은 네게 강화의 일상을 알려 줄 생각이니."

그리만 답한 의한은 궁금한 표정의 세영을 이끌고 강화의 시전으로 들어섰다.

"여어- 칠구 아범, 장사는 잘되는가?"

반갑게 인사를 건넨 의한은 익숙한 동작으로 좌판에 진열된 사과를 하나 집어 들었다.

"어이구, 박 포교님 아니십니까? 순찰 나오신 모양입니다."

반갑게 맞는 장사치의 물음에 손에 든 사과를 잔뜩 베어 문 의한이 답했다.

"그렇지, 뭐. 어디, 문제 일으키는 왈패 놈들은 없고?"

물씬하게 배어 나오는 사과즙을 튀겨 가며 묻는 의한의 물음에 칠구 아범이라 불린 과일 장수는 고개를 내저었다.

"어딜요, 박 포교님 순찰 구역에서 설쳐 댈 간 큰 놈들이 있겠습니까?"

"정말이야? 요사이 개목이 아이들이 어슬렁거린다는 소문이 들리던데?"

"개목이네 애들이 이곳에 어슬렁대는 거야 어디 하루 이틀 일인가요. 하지만 별다른 말썽은 없었습죠. 박 포교님 얼굴도 있는데, 설마 이곳에서 일을 벌이려고요?"

"그래, 하긴 뭐⋯⋯. 하여간 개목이 애들이나, 다른 패거리들이 말썽을 일으키거든 걱정 말고 재빨리 알려 주고."

"여부가 있겠습니까?"

"그래야지. 그리고 이건 얼만가?"

이미 다 먹어 씨앗 부분만 남은 사과를 내미는 의한에게 칠구 아범은 당치않다는 듯 손을 내저었다.

"아이고, 무슨 말씀을 하십니까? 저하고 박 포교님 사이가 그깟 사과값이나 계산하고 있을 사이입니까? 서운한 말씀마시고 그냥 가세요."

"그래도 이거 매번 미안해서……."

"그런 말씀 마시라니까요."

칠구 아범의 거듭된 만류에 의한은 못 이기는 척 슬그머니 발길을 돌렸다.

"그래, 그럼. 장사 잘하게."

"예, 살펴 가십시오."

허리를 깊숙하게 숙이는 칠구 아범의 배웅을 받으며 의한이 신형을 돌렸다.

그런 그는 귀찮다는 듯이 손에 들고 있던 사과 찌꺼기까지 바닥에 휙 하니 버렸다.

그 보는 것을 지켜본 세영은 꽤나 당황스런 표정이 역력했다.

그런 세영을 흘깃 일별한 의한이 물었다.

"왜, 불만이라도 있는 게야?"

"그, 그게… 저리 쓰레기를 무단으로 버리면 쓰레기 무단

투기인가? 그리고 장사치의 물건에 그리 마음대로 손을 대면… 가만, 그거 편취인가 그거 아니우?"

"그래도 네놈이 어디서 주워들은 풍월은 있는 모양이로구나."

"그야 법전에서……."

고려의 법전은 당률(唐律)을 모방한 71조의 법률을 기록하고 있었다.

"그건 또 어디서 본 게야?"

"어제 비호대주의 집무실에 있습디다."

법을 집행하는 이가 법을 몰라서는 곤란하다. 하지만 너무나 법에 치우치면 그건 법을 모르는 것보다 더 좋지 못했다.

하지만 그걸 말해 줄 만큼의 연륜을 세영은 아직 쌓지 못했다.

그 탓에 목구멍까지 올라온 말을 삼킨 의한은 대신 세영이 지적한 부분에 대해 변명 아닌 변명을 했다.

"편취는 무슨……. 사과야 칠구 아범, 그러니까 장사치가 값을 받지 않겠다고 한 것이고, 쓰레기야… 칠구 아범이 주워 버린 것을 못 보았던 게지."

의한의 말에 세영이 뒤를 돌아보자 정말로 과일을 팔던 장사치가 바닥에 버려진 사과 찌꺼기를 주워 한쪽에 있는 망태에 담는 것이 보였다.

하지만 다른 사람이 주워서 치웠다고, 버린 사람의 죄가 사라지는 것은 아니지 않는가.

 그것에 대해 이야기하고자 고개를 돌리는 세영의 시선에 이번엔 떡을 팔고 있는 아낙네 앞에 쪼그려 앉아 떡을 집어 먹고 있는 의한의 모습이 들어왔다.

"개똥 어멈, 개똥인 잘 있는가?"

"아이구, 박 포교님, 내 그놈 때문에 죽것구만유, 그놈이 또 개목이네 놈들하고 어울려 다녀유. 내 그렇지 않아도 박 포교님 오시면 상의하려고 했구만유."

"에잉! 그놈, 이번에 절대 안 그런다고 해 놓구서는, 쯧쯧."

"그놈이야 말은 항상 잘허지유. 실천이 안 돼서 그렇지유."

"그래, 그럼 지금도 개목이네하고 있겠구만."

"그럴 것이구만유. 박 포교님, 부탁이구만유. 그놈 잡아다가 사람 좀 맹글어 주세유."

 아낙의 말에 박 포교는 볼을 긁적거리며 말을 이었다.

"그놈 잡아다 꽁 옥밥 먹인 것이 한두 번인가. 매번 그때만 잘하겠다고 맹세를 하고, 나오면 삼 일도 못 가니 안 되는 것이지, 에잉."

 말을 하며 시선은 호박떡으로 향하는 의한을 바라본 아낙은 얼른 작은 죽반(竹盤)을 꺼내 떡을 담으며 말을 이었다

순군영 • 95

"그러니 제가 이렇게 부탁드리는 거 아닌감유. 개똥 아범이 없으니 지한테는 그놈 뿐이구만유. 지발 사람 좀 맹글어 주세유."

"알았네. 내 다시 한 번 힘을 써 보지."

생글거리며 아낙이 내민 죽반을 받아 든 의한은 자리에서 일어서서는 다시 걷기 시작했다.

그런 부친의 곁으로 다가선 세영이 어이없는 음성으로 물었다.

"딱 보니 아버지, 상습범이구만?"

"그놈, 표현하고는……."

별반 상관없다는 듯이 답하면서 호박떡을 하나 집어 입에 넣는 의한의 모습이 기가 막혔지만, 그리 바라보다 보니 군침이 돌았다. 의한이 워낙 맛있게 떡을 집어 먹은 까닭이었다.

그에 슬그머니 죽반으로 세영이 손을 가져갔으나 의한은 야멸치게 때려 떡을 지켜 냈다.

짝-

"아야!"

놀라는 세영에게 의한이 피식거렸다.

"상습이라면서?"

자신이 한 말이 서운했던지 걸고넘어지는 부친에게 세영이 핀잔을 주었다.

"그, 그야… 그나저나 그게 잘 넘어가슈?"

"이거 웃기는 녀석일세. 예전엔 아침에 나설 때마다 얻어 오라던 놈이."

부친의 말에 세영은 눈을 크게 떴다.

그런 말을 한 기억은 떠오르지 않았지만 유난히 먹거리가 풍족했던 어린 시절은 기억났던 것이다.

"설마……?"

눈을 동그랗게 뜨는 세영을 바라보며 의한이 빙긋이 웃었다.

"그게 돈이 얼만데……. 설마 내가 다 사 왔을 거라고 생각했던 건 아니겠지?"

"마, 맙소사! 그럼 모두 편취……."

세영의 말은 중간에서 잘려 나갔다.

"편취? 이 녀석, 말하는 본새 하고는… 그건 서로가 주고받는 정이라 하는 것이다."

"정은 무슨… 편취, 아니 강제 취득인가?"

"어리석은 녀석. 하긴 지금은 알 수 없겠지. 하지만 시간이 흐르다 보면 자연스럽게 알게 될 게다."

자신의 말을 세영은 좀처럼 받아들이지 않는 표정이었다. 하지만 더 이상 아무 말도 하지 않았다. 그것은 시간이 해결해 줄 것이었기에.

그렇게 시전을 지나가는 두 사람에게 주변의 장사치들

은 연신 인사를 건네 왔고, 의한은 그들 모두에게 손을 들어 올린다든가, 웃음을 지어 보인다든가 하며 일일이 답해 주었다.

❀ ❀ ❀

그렇게 시전을 반쯤 돌았을 때였다.
"아니, 박 포교님, 그렇게 떡만 드시면 체합니다. 여기, 이거 한잔 드시고 가우."
시전 통 중앙에 자리 잡고 있던 주막에서 주모가 낮은 싸리 담장 너머로 목을 내밀고 의한을 불러 세웠다.
"그럴까?"
주모의 부름에 냉큼 주막으로 들어서는 의한의 모습에 세영은 고개를 절레절레 저었다.
그렇다고 내버려 두고 혼자 돌아갈 수도 없는 노릇이라 안으로 들어간 세영은 아버지가 차지하고 있는 평상에 걸터앉았다.
그가 앉기 무섭게 작은 상에 탁주 한 사발과 짠지 한 종지를 차려 내오던 주모가 순검의 복장을 한 세영을 발견하고는 웃는 눈으로 말을 이었다.
"이런, 새로 오신 순검이 계신 줄은 몰랐네요. 내 얼른 탁주 한 사발 더 내옵지요."

상을 평상에 내려놓은 주모가 몸을 돌리려 하자 세영이 점잖은 말로 거절을 했다.
"아니오. 지금은 공무 중이니 술은 생각 없소."
세영의 말에 주모가 불안한 표정으로 뒤돌아서자 인상을 구긴 의한이 점잖을 떨고 앉아 있던 세영의 뒤통수를 냅다 갈기며 구박했다.
"이놈이! 주면 주는 대로 처먹을 것이지, 안 되긴. 주모! 가서 탁주 한 사발 더 내주구려. 이놈, 얼마 전에 돌아와 포청에서 일하게 된 내 아들놈이리오."
의한의 말에 그제야 표정을 푼 주모가 웃는 낯으로 호들갑을 떨었다.
"에그머니나! 어쩐지 태가 훤칠하니 얼굴도 잘생겼다 했더니만, 박 포교님 아드님이었군요. 그럼 내 탁주만 아니라 국밥도 내오리다."
호들갑을 떤 주모가 부엌으로 들어가는 것을 바라본 세영이 의한을 향해 투덜거렸다.
"아- 왜 나까지 끌어들이는 거유!"
세영이 투덜거림에 혀를 찬 의한이 주변에 들리지 않을 정도로 작은 음성으로 말했다.
"이놈아, 네가 그리 빡빡하게 구니 대번에 주모가 불안해하는 것이다. 적당히 때 타고 알겨먹는다는 느낌을 주어야 이 사람들이 편하게 장사를 하는 것이야. 그렇게 우리가 자신들에게 상납을 받는다는 생각을 주어야 스스럼없이 도움을 청하기도 하는 것이고. 그렇게 우리가 이들에게 피해가 가지 않는 선에서 적당히 챙기면 이들은 우리가 건달들로부터 자신들의 뒤를 봐주고 있다고 믿게 되는 것이지. 무슨 소린 줄 알겠냐?"

"그런 거 없이도 우린 이 사람들을 지켜 주고 해야 하는 거잖수?"

"그놈 참, 답답하긴. 물론 네놈 말이 맞지만, 세상살이가 꼭 이치대로 돌아가는 것이 아니기 때문이니라. 그러니 그런 세상 이치와 적당히 타협하며 균형을 맞추어 살아가며 임무를 수행하는 것도 순검들이 반드시 배워야 하는 것이다."

아버지의 가르침에도 불구하고 세영은 여전히 이해가 가지 않는다는 표정으로 말을 이었다.

"나는 그렇게 생각하지 않수. 하니, 아버지의 비리에 날 끌어넣지 않았으면 좋겠수."

"이런… 꽉 막힌 녀석 같으니라고."

두 사람이 티격태격하는 사이 주모가 국밥과 탁주를 더 내오자 둘은 묵묵히 국밥을 먹었다. 어차피 점심나절이라 시장하기도 했기 때문이다.

하지만 맛나게 '캬아-' 소리를 내며 탁주를 마시는 의한과는 달리 세영은 자신 앞에 놓인 탁주엔 손도 대지 않았다.

거기다 식사가 모두 끝나고 자리에서 일어서며 세영은 부친이 챙겨 주었던 돈 중에서 일부를 추려 자신과 의한이 먹은 국밥과 탁주 값을 치렀다.

거듭 사양하는 주모에게 반억박을 질러 돈을 건넨 세영의 뒤를 따라 의한이 고개를 저으며 주막을 나서자, 완전 사색이 된 주모가 불안한 얼굴로 멀어져 가는 두 부자를 바라보았다.

"주모, 뭘 그렇게 넋을 빼고 보는 겐가? 방이나 하나 내놓으소. 우리 오랜만에 한판 거나하게 벌여 볼 테니까. 대신 내 음식은 제대로 시켜 먹으리다."

뒤에서 들려온 걸걸한 음성에 뒤를 돌아본 주모의 눈에 떠돌이 장돌뱅이 네댓 명이 보였다.

흔히 봇짐장수라 불리는 이들로, 전란으로 인해 물산의 이동이 원활하지 않은 탓에 그 수가 크게 늘어난 부류였다.

실제로 몽고와의 전쟁 이후 전국적인 물산의 이동은 거의 이들에 의해서 이루어지고 있었다.

그 덕에 전란 중에도 상당한 수익을 올리는 이들이기도 했다.

수익이 좋다는 말은 그 만큼 씀씀이도 크다는 의미였다.

주막의 입장에선 가장 큰 고객이었지만, 이번만큼은 주모도 반가운 얼굴을 할 수가 없었다.

"미안하지만, 안 되겠어요. 새로 온 순검이 우리 주막을 노리는 모양인데, 잘못하면 그네들도 쪽박을 면키 어려울 것이고, 나도 장사를 말아먹을 수도 있을 테니."

원래가 도박의 일종인 투전은 그 폐단으로 인해 나라에서 엄격히 금하고 있는 일이었다. 그것이 제아무리 자신들끼리 객고를 푸는 정도에 머무는 것일지라도 엄연히 국법이 금한 일이니 걸리면 판돈에 상관없이 모두가 치도곤을 당하는 것은 피할 길이 없었다.

"어! 이 주막이 그래도 가장 안전한 곳이 아니었던가? 내 이야기 듣기론 순검들도 투전잡이들이 벌인 것만 아니라면 대충 눈감아 주는 곳이 이곳이라 들었는데 말이오?"

한 장돌뱅이의 물음에 주모가 작게 한숨을 내쉬었다.

"방금 전까지는 맞긴 했는데, 이번에 새로 온 순검이 내가 준 고물을 거절하고 돈을 치렀으니 이젠 안 된다는 이야기 아니겠어요."

"이런, 그럼 어쩌지……. 모처럼 큰 이문이 남았기에 한 판 놀며 객고나 풀려 했는데, 어디 다른 곳에서 벌일 만한 곳은 없겠소?"

"다른 곳은 안 돼요. 이곳에 한해서만 작은 판을 눈감아 주고 대신 그때 팔리는 음식을 주변 주막들과 나누어서 팔도록 되어 있었거든요. 그 대가로 순검들이 간혹 들르면, 인근 주막들과 함께 별도로 준비해 둔 탁주를 한 사발씩 내주는 정도였지요. 어려운 시기에 서로가 돕고자 하는 것이었는데, 아무래도 새로 온 순검은 생각이 다른가 보네요."
"어허, 이런. 어디에 가나 그런 것들이 있지. 제 놈만 잘나서 다른 사람들이 피해를 입건 말건 상관없는 놈들이."
"그야 웃대가리에 앉은 놈들이 다 그런 거 아닌가. 그나저나 이 전란 통에 그나마 마음 편히 투전판을 벌여 놀 만한 곳은 이곳뿐이었는데, 이젠 그 재미도 없어졌구먼."
"그러게 말이여. 기껏 구리 동전 몇 문이나 주고받으며 노는 놀이까지 못하게 하면 어쩌자는 것인지. 으잉, 쯧쯧!"
"놀이도 없이 긴 밤을 무슨 재미로 보낸단가. 그냥 가야하겠구먼. 배나 채우고 길 떠나게 국밥이나 한 그릇씩 말아 주게."

대표격인 장돌뱅이의 말에 주모가 고개를 끄덕였다.
"아쉽지만 그래야겠네요."

결국 아쉬운 표정의 주모가 부엌으로 들어가자 장돌뱅이들도 씁쓸한 표정으로 평상에 앉았다.

대체로 이들이 하룻밤 투전을 벌이며 먹어 대는 음식의 양과 가격은 매우 후해서, 수일에 걸쳐 주막들이 팔아 치울 양을 단 하룻밤 만에 소비하곤 했다.

때문에 전란으로 장사가 잘 안 되는 강화의 주막들이 그나마 어렵게 버텨 가는 한 가지 방편이기도 했는데, 이제 그것마저 막혀 버린 것이었다.

❈   ❈   ❈

 주막에서 무슨 일이 있는지도 모른 채 세영은 의한이 이끄는 대로 시전을 벗어나 한적한 산길로 접어들었다.
 높은 산은 아니었지만 제법 산세가 험했다.
 그렇게 봉우리 하나를 넘자 기슭으로 작은 산채가 늘어선 것이 보였다.
 "산… 적이유?"
 대번에 낮아지는 세영의 음성에 의한은 어이없는 표정을 지어 보였다.
 "강화에 무슨 산적? 헛소리 그만하고 따라오기나 해."
 핀잔을 주고 산을 내려가는 의한을 발견했던지 산채 입구에 서 있던 덩치들 몇이 어슬렁거리며 두 사람의 앞을 막아섰다.
 험악한 인상에 건들거리는 행동거지. 한눈에 봐도 왈패들이었다.
 "어이구, 이거, 박 포교님 아니요. 예까진 또 무슨 일이시우?"
 앞을 가로막은 왈패의 물음에 의한이 답했다.
 "개목이를 좀 만나러 왔네. 내가 왔다고 전해 주게."
 의한의 말에 침을 찍 뱉어 낸 왈패가 말했다.
 "잠시 기다리시우."

시큰둥하니 답한 왈패가 산채 안으로 들어간 지 얼마 후, 상당한 덩치가 그 왈패를 따라 나왔다.

"의한이 형님이 어쩐 일이쇼?"

이제 대략 스물댓 살이나 처먹었을 놈이 대뜸 자신의 부친을 형님이라 부르며 나서자 뒤에 서 있던 세영의 눈초리가 단박에 가늘어졌다.

"일이 있어 들렀네. 개목이 자네 패거리에 개똥이 놈이 와 있지?"

"아따, 형님, 또 그놈 때문에 오셨소? 이제 그냥 좀 두쇼. 우리 식구가 되겠다는 놈을 그렇게 빼내 가는 것도 한두 번이지, 이젠 좀 그렇소."

개목이 패는 강화에 자리를 잡고 있는 네댓 개의 왈패들 중 그나마 세력이 큰 편이었다.

물론 제아무리 큰 왈패 무리라 해도 천적이라 할 수 있는 순검에게 이렇듯 당당할 수는 없는 노릇이지만, 작금의 뒤틀린 정치 체계가 이런 왈패들에게까지 손을 뻗친 탓에 그들이 순검을 두려워하지 않게 된 것이었다.

일부 고위 인사들이 자신의 더러운 일들을 해결하기 위해 왈패들을 이용하고, 그 대가로 그들의 뒤를 봐주고 있었기 때문이다.

"개목이 자네가 이해를 좀 해 주었으면 좋겠네. 개똥 어멈의 걱정이 이만저만이 아닐세. 이번만 내 체면을 보아 내어 주게."

사정조로 말하는 의한을 세영은 이해할 수 없다는 듯이 바라보았다.

그런 시선을 아는지 모르는지 의한과 개목이란 왈패의 대화가 이어졌다.

"그거야 개똥 어멈 사정이고. 형님 체면이라……. 형님도 체면이 있었소? 난 잘 모르겠으니 딴 데 가서 알아보쇼."

거절을 넘어 모욕이다. 대번에 세영의 눈에 살기가 떠올랐다.

고개를 이리저리 꺾어 대며 돌아서는 개목의 귀로 세영의 나지막한 음성이 들려왔다.

"야- 거기 머리에 새집 지은 놈, 다시 제자리로!"

갑작스런 세영의 말에 의한만이 아니라 다른 왈패들과 개목이도 놀라서 뒤를 돌아보았다.

"뭘 봐, 인마. 이리로 좀 오라는데."

개목을 향해 손가락을 까딱이는 세영을 바라보던 왈패들이 단박에 인상을 구기며 쌍소리들을 내뱉었다.

"어따, 저 새끼, 말하는 싸가지 좀 보소?"

"순군영 옷은 칼이 안 들어가는 갑네. 그러니께 눈깔에 뵈는 게 없는 모양이구마."

"새끼, 혓바닥을 뽑아 볼라."

그 외에도 수도 없는 쌍욕들이 난무했지만, 세영은 피식 웃어 버렸다.

"자식들, 누가 양아치들 아니랄까 봐 말본새들 하고는. 야- 너, 이리 오라니까, 이 자식아!"

여전히 손가락을 까딱이며 개목을 부르는 세영을 놀란 의한이 말리고 나섰다.

"그만두어라. 네가 나설 곳이 아니다."

"참 내, 아버지도. 딱 보아하니 뒷골목 양아치들이구만 뭘 그래요. 잠시만 기다려 보시라니까."

자신의 팔을 붙잡는 아비의 손을 치우며 앞으로 나서는 세영을 향해 근처의 왈패 한 놈이 사납게 달려들었다.

순군영의 포교 한두 놈쯤 적당히 두들겨서 보낸다고 해도 자신들에게 위해가 돌아오지는 않는다는 자신감의 발로였다.

거칠게 달려들며 내지르는 왈패 놈의 팔을 슬쩍 잡아당겨 자신의 몸 쪽으로 끌어들인 세영이, 상대의 얼굴이 다가오는 길목에 한쪽 팔꿈치를 들이밀었다.

뻑-!

뭔가 깨지는 소리와 함께 고개가 팩 하니 뒤로 젖혀진 왈패는 거센 충격에 못 이겨 뒤로 벌러덩 넘어가 버렸다.

그렇게 뒤로 넘어진 왈패는 정신을 잃었는지 움직이지 못했다.

그 모습에 놀란 주변의 왈패들 중 서너 명이 고함을 지르며 달려들었지만, 가벼운 세영의 팔 동작 몇 번에 모조리 정신을 잃은 채 바닥에 처박혔다.

세영이 나선 것과 왈패들이 달려든 것은 거의 한순간에 이루어진 일이었다. 그 탓에 제대로 말리지 못했던 의한은 경악에 빠져 허둥대기만 했다.

아무리 왈패라지만 뒷배를 봐주는 고위 무신들에게서 무술까지 몇 수 배운 놈들이었다.

오죽하면 간간이 시비가 붙은 순검들이 얻어맞기도 했던 것이다. 그렇게 드센 놈들을 단박에 꺼꾸러트렸으니 놀라지 않을 수 없었다.

한데 놀란 건 의한뿐이 아니었던 모양이다. 비틀린 미소를 그린 개목이 삐딱하니 내뱉었다.

"이거, 순군영의 고수께서 왕림하셨구만그래. 그래서 그렇게 목에 힘을 준 것인가, 의한이?"

이젠 곱게 보내지 않겠다고 결심한 것인지 개목이 의한의 이름을 그대로 불렀다.

하지만 그것은 최악의 실수가 되었다.

개목의 말이 끝나기 무섭게 세영의 신형이 그 자리에서 튀어 올랐던 것이다.

"이 자식이-!"

순간적으로 튀어 오른 세영의 신형이 공중에 떠오른 상태 그대로 허공을 주-욱 하니 가르고 날아오더니 그대로 개목의 안면을 강타했다.

 빠각-!

 세영의 무릎에 가격당한 개목의 목이 완전히 뒤로 꺾어지며 비명도 못 지르고 무너졌다.

 한데, 그렇게 쓰러지는 개목의 턱을 땅에 내려선 세영의 발이 교묘하게 차올렸다.

 그 때문에 무너져 내리던 개목의 신형은 인형이 줄의 힘에 의해 일어서듯 다시 일으켜 세워졌고, 그의 안면엔 어느새 코앞으로 다가선 세영의 주먹이 제대로 보이지 않을 정도의 속도로 작렬하기 시작했다.

 퍼버버버벅-!

 얼마나 빠르고 강한 주먹질인지, 안면을 강타하는 그 무수한 충격에 개목의 커다란 신형이 쓰러지지도 못한 채 마치 허공에 못 박아 놓은 듯 정지한 채 푸들거렸다.

 그리고 마지막, 개목의 가슴 한복판에 세영이 발을 꺾어 찼다.

 펑-! 털썩, 데구르르르-

 수장을 날아간 개목의 신형이 바닥에 떨어져 형편없이 뒤로 굴러갔다.

 순식간에 개목을 박살 낸 세영의 시선이 주변을 쓸어 보자 당황한 표정의 왈패들이 주춤거렸다.

 하지만 그것도 잠시, 이내 부두목 격인 한 왈패의 '죽여!'

하는 고함과 함께 십수 명의 왈패들이 세영을 향해 달려들었다.

 그 모습에 잔혹한 미소를 지어 보인 세영이 달려오는 왈패들 속으로 파고들었고, 이내 주변은 무언가를 두들기는 소음으로 가득 차올랐다.

제5장
귀를 잡히다

 의한은 자신의 눈을 믿을 수가 없었다. 몇몇도 놀라운데 10ㄸ여 명이 넘는 왈패들을 눈 두어 번 깜박일 동안 모조리 박살을 내 놓았다.
 "너, 너, 너……."
 손가락으로 세영을 가리킨 채 '너'만 연발하는 의한에게 세영이 어깨를 으쓱여 보였다.
 "자고로 양아치는 두들겨야 말귀를 알아듣는다고 합디다."
 능글거리는 세영과 달리 의한은 걱정 어린 표정을 감추지 못했다.
 "이런, 큰일이다. 일단 너는 어서 자리를 피하거라."

"무슨 소리요? 내가 왜 피한단 말이우?"
"이놈들은 그냥 왈패가 아니란 말이다."
"그냥 왈패가 아니라니, 그게 무슨 소리요?"
"뒷배가 있단 말이다. 그것도 우리가 감당하기 어려운."
"도대체 어떤 시러베아들 같은 새끼가 이따위 새끼들 뒤를 봐준단 말이우?"
"물색없는 소리 하지 마라. 한다 하는 강화의 왈패들치고 뒤를 봐주는 고위 무신이 없는 놈들은 없다."
"그게 무슨… 고위 무신들이 양아치 새끼들의 뒤를 봐준단 말이오? 아니, 왜요?"

확실히 아직 세상을 모르는 아들이다. 하지만 그걸 가르치고 있기엔 자리가 좋지 않았다.

"일단 피하기나 해. 이쪽 일은 내가 어떻게든 마무리를 지어 볼 테니."

세영은 아버지의 말을 그대로 따를 수 없었다.

이런 왈패들에게도 뒷배가 있다는 것은 몰랐지만, 이런 놈들의 뒤를 봐줄 정도로 부패한 관리가 비빌 언덕조차 없는 포교를 어찌 다룰지는 어렵지 않게 짐작이 되었기 때문이다.

그 탓에 세영은 의한의 성화에도 불구하고 고개를 내저었다.

"왜?"

"내가 벌인 일이니 내가 해결해 보겠수."
"네놈이 어찌?"
"이놈들 입을 막으면 되는 거 아니오?"
"막힐 입이 아니니 문제지."
의한의 걱정에 세영이 웃어 보였다.
"맡겨 보슈."
이런 일을 해 보거나 이런 상황에서 해야 하는 방법에 대해 배운 적은 없다.
하지만 세영의 본능은 지금 해야 할 일을 명확하게 제시하고 있었다.
"괜한 짓 하지 말고, 어서 피하기나 하라니까."
거듭된 의한의 독촉에도 불구하고 세영은 쓰러져 정신을 잃은 개목에게 다가섰다.

개목은 무언가 자신을 두드린다는 느낌에 눈을 떴다.
하지만 어찌 된 일인지 앞이 잘 보이지 않았다. 마치 무엇으로 눈가를 가린 듯이…….
퉁퉁 부어 제대로 떠지지 않는 눈을 이리저리 굴리는 개목을 바라보던 세영이 무슨 생각인지 그를 그냥 두고 다른 왈패 앞에 가서 쪼그리고 앉아 그를 깨웠다.
"흐음……."
개목처럼 정신을 차린 왈패를 확인한 세영이 심드렁하

니 말했다.

"깨어났으면 잘 들어. 네놈들은 오늘 해선 안 되는 일을 벌인 거야. 난 그에 대해 아주 가벼운 징계를 내린 것이고. 이해했냐?"

차츰 정신을 차리며 세영의 말을 들은 왈패는 표독스런 표정으로 침을 뱉었다.

"카악- 퉤! 개새끼! 죽일 것이다. 우리를 이렇게 만들고 네놈이 무사할 줄 알았다면 큰 오산이다!"

왈패의 침이 묻은 얼굴을 소매로 스윽 닦은 세영은 흐릿하게 웃었다.

"네가 무슨 죄겠냐. 함부로 침을 뱉은 네 입이 죄지."

엉뚱한 말 끝에 세영의 주먹이 날았다.

빡!

"억!"

밭은 비명이 터지고, 금방 피로 범벅이 된 왈패의 입에서 누런 것들이 우수수 떨어졌다.

그런 왈패를 바라보며 세영이 싱긋이 웃었다.

"이제 함부로 침은 못 뱉을 거야. 하니, 걱정하지 마라."

놀림이 분명할 말에 입이 엉망이 되고 이빨까지 부러져 나간 왈패의 눈에 독기가 차오르며 벌떡 일어서 달려들었다.

"와아아아악!"

괴성을 지르며 달려드는 왈패의 움직임을 따라 일어선 세영이 슬쩍 비켜섰다.

그에 따라 왈패가 휘두른 주먹이 가슴 앞으로 스쳐 지나갔다. 그 팔을 왼손으로 껴안듯 부여안은 세영이 반대편 팔로 밑에서 위로 쳐올렸다.

우드득-!

무언가 부러지는 음향과 함께 왈패의 팔은 도저히 굽혀지지 않을 방향으로 꺾여 버렸다.

뇌리를 치고 지나가는 고통에 몸을 부들부들 떨어 대는 왈패의 반대편 팔까지 확실하게 부러트려 버린 세영이 무심한 눈으로 물었다.

"이제 이해가 가?"

세영의 물음에 왈패는 아무 답도 없었다.

감당하기 힘든 고통으로 인해 세영의 말을 제대로 알아듣지 못한 까닭이다. 한데, 그런 상황을 세영은 감안할 마음이 없는 모양이었다.

"자식이 물으면 답을 해야지, 건방지게 말을 씹어!"

퍽-

냅다 내지른 발에 벌렁 넘어간 왈패는 쓰러지는 충격으로 부러진 팔에서 일어나는 고통이 더 커지자 바들바들 떨었다. 그런 왈패의 무릎에 세영의 발이 올려졌다.

"말귀를 못 알아듣는다면야 알아듣게 만들어야지······"

말이 끝나기 무섭게 세영이 발에 지그시 힘을 주며 비틀었다.

으지직- 부각!

"커억- 크아악-!"

무언가 부서지는 소리와 함께 고통에 찬 비명이 터졌다.

하지만 세영은 자신이 벌여 놓은 참상을 내려다보면서도 무심한 시선이었다.

"이해……."

세영의 물음은 완성되지 못했다. 완성하기도 전에 어떻게 해야 고통에서 놓여날 수 있는지 알아차린 왈패가 사력을 다해 고개를 끄덕인 탓이다.

"이, 이해합니다."

"그래? 그럼 사죄를 해야지."

세영의 말에 왈패의 눈에 불안감이 가득해졌다. 어떻게 해야 사죄가 되는지 알지 못했기 때문이었다.

그런 왈패를 바라보며 세영이 무덤덤하게 말했다.

"사죄의 기본은 무릎을 꿇는 것에서 시작한다고 배웠는데… 넌 아닌가 보다?"

비로소 자신이 취해야 할 행동을 알아차린 왈패는 일어서려고 바둥거렸다.

하지만 양팔이 부러지고 한쪽 무릎마저 깨어진 왈패는 무릎을 꿇기는커녕 일어설 수도 없었다.

"하여간 말귀를 못 알아듣는 새끼가 꼭 있어요."

유일하게 성한 다리의 무릎으로 올라오는 세영의 발을 느낀 왈패의 눈은 이전의 독기는 흔적도 없이 사라지고 절망과 공포로만 얼룩졌다.

"사, 살려 주세요!"

왈패의 사정에 세영은 친절하게 웃어 보였다.

"죽지는 않아."

우지직- 뿌각!

무릎 뼈가 으스러지는 소름끼치는 소리가 흘러나왔지만 당연히 함께 들려야 하는 비명 소리가 없었다. 세영이 무릎에 올려놓은 발에 힘을 주는 순간, 한계를 넘는 공포에 휩싸인 왈패가 거품을 물고 혼절한 때문이었다.

"쯔쯔."

가볍게 혀를 차며 돌아서는 세영의 시선으로 정신을 차린 왈패들이 보였다.

방금 전에 다시 정신을 잃은 왈패의 비명 탓에 모두 깨어났던 것이다. 그런 왈패들은 세영의 시선이 닿을 때마다 움찔거렸다.

씨익.

비릿하게 웃은 세영이 자신을 바라보고 있는 개목에게 물었다.

"네놈은 사죄할 준비가 되었나?"

"되, 되었습니다!"

답은 되었다 말하는데, 눈빛에 드러난 것은 깊게 가라앉은 야비함이었다.

그걸 놓치지 않은 세영이 두말없이 다른 왈패의 앞으로 움직였다.

자신 앞으로 다가서는 세영을 불안한 눈으로 바라보는 왈패에게 손을 뻗었다.

"크, 크아아악!"

왈패에게서 자지러지는 비명이 튀어나왔다.

이번엔 앞의 경우보다 더 섬뜩했다. 왈패의 양쪽 팔을 꺾고, 무릎을 부수고 안면을 피떡으로 만드는 동안 세영은 단 한 마디도 하지 않았던 것이다.

완전히 엉망이 되어 정신을 잃고 널브러진 왈패를 물끄러미 내려다보던 세영이 드디어 말문을 열었다.

"네 눈빛이 마음에 안 들었어. 나중에 꼭 문제를 만들 놈 같았단 말이지. 해서, 그런 불경한 생각이 들 때마다 생각나라고 손을 봐준 거야. 알았지? 기억해 두라고. 문제가 생기면 넌 항상 이렇게 당하는 거야. 매번마다 말이지."

말은 널브러진 왈패에게 하고 있었지만, 그것이 나머지 모든 이들에게 건네는 경고라는 걸 모르는 왈패는 없었다.

말을 끝낸 세영은 자신이 지을 수 있는 가장 해맑은 웃음을 지어 보였다.

하지만 이리저리 피가 튄 얼굴로 활짝 웃는 모습을 바라보는 왈패들의 얼굴은 완전히 굳어 버렸다.

다시 개목에게 다가온 세영이 그 앞에 쪼그리고 앉았다.

"자세가……."

세영의 입을 떼기 무섭게 개목이 후다닥 무릎을 꿇고 앉았다. 그건 개목만이 아니었다. 겁에 질린 왈패들이 모조리 무릎을 꿇고 앉았다.

강자에게 약하고 약자에게 강한 뒷골목 왈패들의 습성이 그대로 드러난 것이었다.

그런 왈패들을 훑어본 세영의 시선이 개목에게서 멎었다.

"말귀를 잘 알아듣는 구나."

"가, 감사합니다."

"감사는 무슨……. 그나저나, 어찌 처신해야 하는지는 알지?"

뭘 해야 하냐는 것인지는 물을 필요조차 없었다. 피거품 물고 나자빠진 수하들의 모습만으로도 충분했으니까.

세영의 물음에 개목은 황급히 고개를 끄덕였다.

"쯧, 어른이 물으면 대답을 해야지."

세영의 못마땅해 하는 음성에 개목이 곧바로 반응했다.

"아, 압니다, 형님!"

"피도 안 섞였는데 형님은 무슨……."

찌푸려지는 세영의 미간을 확인한 개목이 황급히 호칭

을 바꿨다.

"아, 알겠습니다, 영감."

영감(令監), 나이 많은 사람에게 붙여 주는 호칭이기도 하지만 고관들을 높여 부르는 별칭이기도 했다

피식-

그제야 만족한 웃음을 단 세영이 개목의 어깨를 두드렸다.

"그래, 똑똑하구나."

"가, 감사합니다, 영감."

곧바로 고개를 조아리는 개목에게서 고개를 돌린 세영의 시선이 뒤에 서 있던 의한에게 닿았다. 놀란 표정이 역력한 의한은 세영의 시선이 말하는 뜻을 알아듣고 작게 고개를 끄덕였다.

과정이야 어쨌건, 저 정도로 겁을 먹었다면 고자질은 걱정하지 않아도 될 듯했기 때문이다.

그런 의한을 확인한 세영이 빙긋이 웃으며 개목에게 다시 시선을 주었다.

"그건 그렇고, 박 포교님께서 찾는 개똥이라는 놈은 어디에 있지?"

"예? 아! 예, 저, 저기……"

개목이 주저하며 가리킨 곳을 바라본 세영의 눈이 당혹감으로 물들었다. 그건 개목의 손을 따라 고개를 돌리던 의

한도 마찬가지였다.

 개목이 가리키고, 세영과 의한의 시선이 향한 곳엔 방금 전 세영이 본보기로 사지를 꺾어 놓고 얼굴을 뭉개 놓은 왈패 놈이 피거품을 문 채 혼절해 있었던 것이다.

 널브러진 개똥이를 근처에 있던 거적 대기에 감싸서, 개목 패거리가 머무는 산채를 벗어나 다시 시전으로 돌아온 의한은 개똥 어멈을 찾아가 손이 발이 되도록 빌어야만 했다.

 왈패 패거리에 든 하나뿐인 아들놈을 찾아 달랬더니 완전히 병신 직전으로 만들어 데려왔으니, 개똥 어멈의 대응이 어떠했는지는 굳이 설명하지 않아도 될 것이었다.

 그날 의한은 그간 자신이 얻어먹었던 떡값보다 몇 곱절이나 많은 돈을 치료비로 내주어야 했고, 그럼에도 불구하고 고개를 제대로 들지 못하고 거듭 사과를 해야만 했다.

 "아~ 아~ 이거 놓고 가요."

 "시끄러, 이놈아! 무술 배우라고 보내 놨더니 어디서 순 못된 싯거리만 배워 와서는, 사람을 어찌 그 지경으로 만들어 놓누, 이놈!"

 "아~ 아~ 귀 떨어져요. 에고, 에고."

 의한에게 우악스럽게 한쪽 귀를 잡힌 세영은 시전 통에서부터 순군영까지 그렇게 끌려와야만 했다.

그날, 부친과 함께 퇴청한 세영은 퇴청하면서부터 시작해서 잠자리에 들 때까지 장장 두 시진 가까운 시간 동안 포교가 가져야 할 소양과 정신에 대해 끊임없이 설교를 들어야만 했다.

❁　　❁　　❁

다음 날 아침, 꿈속에서 마저 쫓아다니며 포교가 가져야 할 소양에 대해 끊임없이 설명해 대는 아비로 인해 잠을 설친 세영이 붉게 충혈된 눈으로 아침 밥상 앞에 앉자 의한이 퉁명을 떨었다.
"밤새 뭐하고 눈이 그리 벌건 것이야?"
"공부했어요, 밤새……."
밤새 쫓아다니며 포교가 가져야 할 자세들에 대해 소리치는 아버지를 꿈속에서까지 만나야 했으니 틀린 말도 아니었다.
"그래? 그럼 어제 이 애비가 말해 주었던 포교의 핵심 덕목을 말해 보거라."
의한의 물음에 세영이 못 말린다는 표정으로 어제부터 귀에 못이 앉게 들었던 포교의 덕목을 읊어 댔다.
"현장을 살핌에 매와 같고, 추적을 기함에 여우같이 굴며, 범인을 포획함은 범과 같아야 하고, 취조할 땐 승냥이

와 같을 것이되, 양민을 대할 땐 사랑하는 아낙을 대함과 같이 하라. 맞죠?"

"그래, 이놈아. 그것을 잊지 마라. 우리 집안 대대로 내려오는 가르침이자 내가 네게 주는 최고의 가르침이니라."

"쳇! 그게 무슨… 말만 번드르르하지……. 하여튼 알겠수."

"이놈아, 그게 어찌 말만 번드르르한 것이더냐. 그 말 하나하나마다 포교가 가져야 할 진실 된 마음가짐과 가르침이 살아 있음이야. 설피 듣지 말고 새겨들어."

"아아, 알았다구요."

여전히 심드렁히 대꾸하는 아들 녀석을 한번 노려봐 준 의한은 도대체 어떻게 교육을 받았기에 한 마디도 지지 않고 대꾸하는지 모르겠다며 투덜거렸다.

더구나 왈패들을 상대하며 보여 주었던 뛰어난 실력은 둘째치고, 잔혹하다 할 만큼 과단한 손속은 수십 년을 포교로 살아오며 온갖 일을 겪어 본 의한의 한계를 훨씬 앞지르고 있었다.

아무런 말도 없이 아귀처럼 밥을 먹어 대는 세영을 바라보는 의한의 눈엔 그런 수많은 걱정에도 불구하고 한없이 깊은 애정이 자리하고 있었다.

그렇게 아침을 끝마친 의한과 세영은 나란히 함께 순군영으로 등청했다.

아들과 함께 등청하는 의한의 어깨엔 살아온 지난 세월들 중 가장 많은 힘이 들어가 있었다.

   ❁ ❁ ❁

순군영으로 등청한 의한을 기다리고 있던 것은 살인 사건이었다. 그것도 아녀자와 어린아이까지 무참하게 살해된 잔혹한 사건이었다.

아예 안 일어나는 것은 아니었지만 살인 사건은 비교적 드문 편이었다.

때문에 경험을 살려 줄 요량으로 의한은 비호대에 배속된 포쾌들을 조련하고 있던 세영을 끌고 나와 함께 현장으로 향했다.

사건은 고위 관리들과 상업으로 막대한 부를 축적한 소수의 중인들만이 모여 사는 곳에서 벌어졌다.

때문에 현장에는 금오위와 우별초의 순검조(巡檢組) 병사들이 이미 도착해 사건을 조사하고 있었다.

뒤늦게 연락을 받고 달려간 순군영의 순검들은 평소 그들이 받는 대우처럼 현장에서도 찬밥 신세를 면치 못하고 있었다.

"글쎄, 안 된다니까! 살해된 분이 중서문하성(中書門下省)의 좌습유(左拾遺)이신 이지운 공의 둘째 부인과 그 아드님이란 말이다. 그런 사건에 어찌 감히 순군영이 나선단 말인가?"

사건 현장을 장악하고 문을 막아선 것은 우별초의 순검조 병사들이었다.

의한과 세영을 포함한 다섯 순검의 출입을 막고 나선 것도 그런 우별초 순검조의 지휘관 중 한 명이었다.

"산원 나리, 순군영의 임무가 현장을 확인하고 사건을 파헤치는 것이온데, 들어가지 못하게 막으시면 어찌합니까? 제발 들어가게 해 주십시오."

애원에 가까운 의한의 사정에도 우별초의 산원은 짜증스러운 표정으로 호통을 쳤다.

"어딜 감히! 금오위까지 와서 설치는 통에 짜증 나 죽겠건만, 왜 네놈들까지 와서 난리인 게야?"

산원의 짜증에 순군영의 위치를 새삼 실감한 세영이 마지못해 앞으로 나섰다.

"순군영 포교로 배속된 대정, 박세영입니다."

세영이 자신의 이름과 직위를 밝히고 나서자 앞을 가로막고 있던 산원이 이채를 머금은 시선으로 그를 바라보았다.

"대정이라고? 자네가?"

"예, 순군영에 지원한 대정입니다."

"그래? 참으로 희한한 친구일세. 그 나이에 대정에 출사를 했으면 적지 않은 실력이 있을 터, 우별초로 올 것이지 왜 하필 순군영인가그래."

어려 보이는 나이에 정식으로 출사할 정도라면 꽤나 뛰어난 실력을 가지고 있을 것이라 짐작했던 것이다. 거기다 소속은 다르지만 같은 무장이라니 자연스럽게 산원의 말투가 누그러졌다.

"하하, 그게, 포교가 가업이라서요."

"이런, 개천에서 용났구먼. 그럼 자네도 이번 사건의 조사를 위해서 온 겐가?"

"예. 어찌하다 보니… 그나저나 여기 일에 대해 선처를 해주실 수는 없겠습니까?"

평소와는 전혀 다른 나긋나긋한 세영의 모습에 의한은 얼떨떨한 표정이었다.

사부와 지내며 눈치에도 일가견을 쌓은 세영의 이면을 모르는 의한이었기에 당연한 반응이었다.

여하간 세영의 청에 잠시 갈등하던 산원이 답을 했다.

"이거 참… 그저 순검들이었다면 되지 않을 일이겠지만, 내 자네를 보아서 특별히 들여보내 주겠네. 하지만 시신이 안치되어 있는 방 안은 들어가지도 말게. 그곳엔 금오위의 별장과 우리 우별초의 별장께서 나와 계시네. 알겠나?"

"예. 곤란하지 않으시도록 조용히 마당만 둘러보고 가겠습니다."

"그래, 그럼 들어가게. 여봐라, 이들을 들여보내라."

산원의 명에 정문을 가로막고 있던 우별초 순검조의 병사들이 길을 텄다. 비로소 세영을 선두로 의한과 다른 3명의 순검들이 사건이 일어났다는 좌습유의 집안으로 발을 들여놓았다.

제6장
살인 사건

집 안으로 들어선 세영과 의한, 그리고 세 순검들의 눈에 사방을 휘저으며 조사에 열중인 우별초의 순검조와 금오위 병사들의 분주한 모습이 들어왔다.

"이거, 온통 휘저어 놓아서 건질 것도 없겠는데요?"

자신을 따라온 한 포쾌의 말에 의한이 무겁게 고개를 끄덕였다.

"어차피 시신도 볼 수 없고, 현장도 어지럽혀져 있지만 나름대로 최선은 다해야지 않겠나. 움직여 보자고. 작은 것이라도 놓치지 않도록 유의하고."

"예, 박 포교님."

의한의 명에 3명의 포쾌들이 사방으로 흩어졌다.

그렇게 흩어지는 포쾌들을 일별한 의한도 세영을 이끌고 주변을 탐문하기 시작했다. 여기저기 기웃거리며 다니는 의한을 따라 어슬렁거리는 세영은 뭐가 뭔지 하나도 알 수 없었다.

그가 사사한 가람검엔 추적술에 관련한 공부는 단 한 줄도 없었던 탓이었다.

그런 세영의 상황을 눈치챘던지 의한이 그를 불러 화단을 가리켰다.

"저기 찍혀 있는 발자국이 보이느냐?"

"어디요?"

"저기 왼쪽을 잘 살펴 보거라."

"아! 보이네."

"저걸 보고 무슨 생각이 드느냐?"

'흙 위에 찍힌 발자국을 보고 무슨 생각이 드냐니? 발자국을 보고도 생각을 해야 한단 말인가?'

하지만 그 생각을 곧이곧대로 이야기했다간 귀가 남아나기 어려울 것이기에 세영은 열심히 머리를 굴렸다.

"발이 크네. 옛말에 이르길, 발이 크면 도둑놈이라 했으니 도둑놈의 발자국이네, 뭐."

말은 당차게 하고 있었지만 슬며시 아비의 눈치를 보는 것을 잊지는 않았다.

그 결과로 느닷없이 뒤통수를 향해 날아오는 의한의 손바닥은 늦지 않게 피할 수 있었다.

"이, 이놈의 자식이… 에잉! 이놈아, 발이 크면 다 도둑놈이냐? 그럼 네놈은 왕 도둑이것다."

아비의 말에 자신의 발을 내려다보니 아무리 좋게 보아도 화단 위에 찍힌 발자국보다 자신의 발이 더 커 보였다.

"내 원래부터 옛말 중에 그른 게 없다는 말을 안 믿었더니, 여기서 바로 티가 나는구만."

"예라, 이놈아! 어찌 포교라는 놈이 발자국 하나 제대로 볼 줄 모르는 게야. 내 네게 뭐라 가르쳤더냐. 현장을 살핌엔 매와 같이 하라지 않았더냐!"

"아- 그럼 매가 이 발자국을 보면 뭐 다른 거라도 보인답디까?"

"그럼! 자, 귓구멍 후비고 잘 들어라."

말을 하면서 의한은 발자국 근처의 흙을 손으로 눌러 보며 말을 이었다.

"일단 깊이가 한 촌(寸)정도가 다 되도록 파여 있다. 이것은 흙의 단단하기로 보았을 때 상당히 무거운 사람이 이 흙을 밟았다는 말이 된다. 하지만 넓은 화단의 폭에 비해 발자국은 하나뿐이 찍혀 있지 않다. 물론 수 장(丈)을 한 걸음에 달릴 수 있는 능력자가 집 안에서 달려와서는 이곳을 찍고 단박에 담을 타 넘었다면 발자국이 하나인 것도 설명이 되겠지만……."

"그렇다네. 해서 지금 이 근방에 경신술(輕身術)을 사용할 수 있을 정도의 능력을 가진 그 발 크기의 무인들을 수소문하라 명을 내린 참이네."

갑작스런 목소리에 의한과 세영이 뒤를 돌아보자 우별초 별장 차림의 무장이 서 있는 것이 보였다.

상급자를 본 의한이 먼저 절도 있게 군례(軍禮)를 드리자 세영도 엉거주춤 아비를 따라 군례를 올렸다.

"충! 순군영 포교인 박의한입니다."

"충! 순군영 소속 대정 박세영입니다."

두 사람의 군례를 받은 이가 답례를 했다.

"수고하는군. 난 우별초의 별장인 도문현이라 하네. 그런데 자네가 대정이라고?"

"예, 별장."

"흠, 그래……."

무언가 사고를 치거나 뒷배가 없는 무장이라 순군영에 배속되었다 생각한 도문현은 그에 대해서는 더 이상 관심을 보이지 않고 자신의 말을 이었다.

"그 명에 의해 이미 우별초와 금오위의 순검조 병사들이 일대에 대한 탐문을 시작하였네. 그러니 자네들은 그리 알고 돌아가도 될 걸세."

도문현의 말에 고개를 조아린 의한이 조심스럽게 말했다.

"예, 그렇군요. 하지만 별장 어른, 저희들도 임무를 맡아 나온 것이니 이대로 물러가기엔 면이 서질 않사옵니다. 하니 조금만 더 둘러보면 아니 되겠습니까?"

"그거야… 뭐, 상관은 없겠지. 그럼 그렇게 하게."

"감사합니다, 별장 어른."

고개를 끄덕여 보이고 등을 돌려 멀어져 가는 도문현을 바라보던 의한은 다시 화단을 향해 시선을 돌렸다.

"그렇게 쉬운 일이 아닌데……. 그 정도의 능력을 가진 사람이 이렇게 깊은 발자국을 남긴다는 것이 이해가 가지 않는단 말이야."

의한의 중얼거림에 세영이 물었다.

"그거야 담을 넘기 전에 반동을 주느라 힘을 모은 때문이 아니겠수?"

"모르거든 잠자코 듣기나 해, 이놈아. 자- 네놈 말대로 이곳에서 반동을 주기 위해 힘을 쓰느라 그랬다면 발의 모양은 돋움 발이 되어야 한다. 달려오며 힘을 주게 되면 발의 모양은 자연스럽게 발뒤꿈치를 든 상태인 돋움 발의 형상이 될 테니 말이다. 굳이 발바닥으로 도장을 찍듯이 달려 대는 이가 아니라면 말이다."

"아- 그럼 달려온 게 아니라 걸어온 모양이지, 그게 무슨 대수라고……."

"이런 멍청한 놈! 내가 아까 뭐라 했더냐? 화단의 폭이 멀다 하지 않았느냐! 걸어온 자라면 사람의 보폭으로 보아 또, 이 화단의 폭으로 보아 화단 위에 남아 있어야 할 발자국은 최소 두 개에서 세 개는 되어야 한단 말이다."

의한의 말을 듣고 보니 화단의 폭이 가진 넓이상 그래야 할 것 같았다.

그제야 이상함을 느끼고 화단을 둘러보는 세영을 바라보며 의한은 잠시 멈추었던 말을 이었다.

"더구나 이곳을 보거라. 이 발자국의 가운데 부분이 미세하게나마 조금 더 깊이 패였다. 이건 이치에 맞지 않아. 사람의 발은 안으로 오목하고 밖으로 볼록하다. 때문에 맨발일 경우 발자국은 안쪽이 비고 바깥쪽으로 선명하게 찍히기 나름이다. 그건 신을 신을 때도 마찬가지야. 신발 바닥으로 인해 훨씬 덜하지만 발자국은 바깥쪽이 선명하게 찍히는 법이다. 한데, 이 발자국은 이상하게도 골고루 선명하게 찍혔다. 더 이상한 것은 좀 전에 말했듯이 발자국 가운데가 더 깊다는 것이다."

한참 설명에 열을 올리는 의한을 바라본 세영이 궁금함을 담아 물었다.

"그래서 뭐가 어떻다는 거유?"

"이런 경우는 한 가지뿐이다. 발이 작은 자가 큰 신발을 신고 밟을 때에만 이런 상황이 나온다. 그것도 가운데가 약간이지만 티가 날 정도로 깊은 것은 일부러 힘을 주어 밟았다는 이야기지. 다시 말해 이 발자국의 주인은 그렇게 무겁지 않다는 말이고, 그것은 곧 이 발자국은 무슨 이유에서인지 누군가가 일부러 만든 것이라는 뜻이다."

"아니, 왜 이런 발자국을 일부러 만든단 말이요?"

세영의 대꾸에 의한은 한심하다는 듯이 바라보았다.

"그것을 밝혀 내는 것이 네놈과 내 일이지, 이놈아."

"……."

마땅히 대꾸할 말이 없는지 꿀 먹은 벙어리가 되어 버린 세영을 다시 한 번 쏘아봐 준 의한이 화단 주변을 훑어보며 중얼거렸다.

"거참, 약하게라도 다른 발자국이 보여야 하는데……."

의한의 중얼거림에 화단을 훑는 세영의 눈에 아주 희미하게 남아 있는 2개의 작은 발자국이 들어왔다. 세영처럼 몸에 탁기가 없어 일반 사람의 시력을 뛰어넘는 능력을 가진 자나 지나인들이 내공이라 부르는 힘을 가진 자가 아니라면 절대 볼 수 없을 정도로 희미한 자국이었다.

하지만 문제는 그 발자국들이 곧게 화단으로 들어갔다가 다시 화단 밖을 향하고 있다는 것에 있었다.

다시 말해 이 집안 식구로 보이는 저 발자국의 주인이 그저 화단을 들어갔다 나온 흔적일 수도 있다는 것이었다.

때문에 괜히 한 소리 들어 먹을 것 같아 망설이던 세영은 여전히 화단에 코를 박고 흔적을 찾느라 애를 쓰는 의한에게 조심스럽게 말했다.

"저기, 아버지."

"왜, 이놈아."

화단에 아예 얼굴을 묻어 버릴 심산인지 바닥에 바짝 얼굴을 들이댄 채 답하는 의한에게 세영이 퉁명을 떨었다.

"거- 사람이 부르면 좀 보면서 얘기 좀 합시다!"

"네놈 얼굴 안 본다고 말까지 안 들리는 건 아니니 할 말 있으면 해."

"내 참, 야박하게끔……. 하여간 이걸 찾는 건지는 잘 모르겠지만 발자국이 몇 개 있긴 있수만."

세영의 말에 의한의 고개가 단박에 들렸다.

"어디, 어디에?"

"고기, 아버지가 지금까지 얼굴을 파묻으려고 하던 그 밑하고 고 앞에. 한데, 들어갔다가 그대로 나온 발자국인데."

세영의 말에 뚫어지게 흙 위를 살펴보았지만 아무것도 찾을 수 없었던 의한은 의심 어린 시선으로 뒤를 돌아봤다.

그 시선이 말하고자 하는 것을 알아챈 세영이 의한이 뭐라 잔소리를 늘어놓기 전에 서둘러 변명을 했다.

"내 눈이 상당히 좋거든. 아버지가 말한 매보다도 말이유."

"정말 보이는 건 맞는 게야?"

"그럼 내가 흰밥 먹고 헛소리하겠수?"

잠시 세영을 바라보던 의한이 물었다.

"흠… 그럼 저기 찍혀 있는 커다란 발자국의 가운데에 조금 더 눌려 있는 흔적과 비교하면 어떠하냐?"

의한의 말에 두 발자국을 유심히 살펴보던 세영이 의외라는 표정을 지었다.

"호- 이것 봐라? 자로 잰 건 아니니 단정할 순 없겠지만, 같아 보이는데?"

"아무래도… 여인네 발자국 같지?"

"저 정도 크기면 남정네 발자국이라 말하긴 어렵지 않겠수?"

"그렇지. 그런데 네놈 눈에 보인다는 발자국의 앞부분도 뾰족하니 각을 세웠더냐?"

의한의 물음에 세영이 뭔 소리인줄 몰라 멀뚱히 쳐다만 보자 답답하다는 듯 의한이 설명을 덧붙였다.

"여자들이 신는 실발 중에 꽃신이란 게 있다. 대부분 지체 높은 여인들이 신는 신발이다. 짚신이나 일반적인 가죽신과는 달리 앞부분이 뾰족해서 발자국도 앞부분이 마치 코처럼 뾰족해진다. 내 눈엔 저 큰 발자국 안에 눌린 부분의 앞은 그러한데, 네 눈에 보인다는 그 발자국도 그러하냐고 묻는 것이다."

그제야 의한의 물음을 알아들은 세영이 흙 위를 살피더니 고개를 끄덕였다.

"정말 그러네. 앞이 가운데로 몰리며 좁아지는데."

"이거 아무래도 똥 밟은 것 같다."

"에?"

요상한 소리를 내는 세영을 돌아보며 의한이 무거운 음성을 흘렸다.

"꽃신은 어지간한 신분의 여인들은 신지 못한다. 그 말인즉 수사 대상에 이 집안의 지체 높은 여인들이 포함된다는 이야기인데……. 그들을 어찌 만나 볼 수 있겠냔 말이다. 결국 제대로 수사를 하지도 못할 테니, 아마 금오위나 우별초의 순검조에 의해 인근에서 어슬렁거리던 엉뚱한 놈 하나 작살나는 것으로 끝나지 싶다."

"우리 순검 아니요? 순검이 왜 범인으로 의심되는 이들을 수사할 수 없다는 거요?"

"이런, 문 앞에서 그런 대접을 받고도 그런 말이 나오더냐?"

"그거야… 하지만 이렇게 물증이 있으면 이야긴 달라지는 거 아니요?"

세상 돌아가는 것을 제대로 알지 못하는 세영의 물음에 의한이 고개를 내저었다.

"이 집이 뉘 집인 줄은 아느냐?"

"좌습유의 집이라면서요."

"그래. 고려 최고의 정무 기관이라는 중서문하성에 출사하신 이지운이라는 좌습유의 집이지. 한데, 이 집의 장인이 누구인지는 아느냐?"

"내가 남의 집 족보까지 꿰고 있어야 하는 거요?"

"멍청한 놈! 순검이란 주요 인사들의 동향도 알아야 하는 게다."

"별… 그래서, 이 집 장인이 대체 누구요?"

"임연 상장군이시다."

임연은 유경, 김준 등과 함께 최씨 정권의 마지막 당주인 최의를 죽여 위사공신(衛社功臣)에 봉해진 무신이었다.

그는 무신 집정이 된 김준과 함께 우별초의 상장군으로 무신들의 꼭대기에 있는 인물이었다.

세영이 아무리 정치에 무관심해도 저잣거리에서 가장 유명한 두 이름 중에 하나를 모르지는 않았다.

"쳇! 그게 뭐 어쨌다고……. 더구나 임연 상장군쯤 되면 더욱이 사건이 제대로 해결되길 바랄지 않겠수. 그래야 구설수도 적어질 테고."

아직은 순수하기 때문일 것이다. 그 정도 위치에 있는 이들은 때론 진실보다는 다른 것에 더 관심이 있는 법이었다.

"그러니 더하지, 이놈아. 그런 높은 자리에 있는 사람들은 진실보다는 빠르고 조용한 해결을 선호하는 법이다."

"설마?"

"설마는 무슨……."

의한의 퉁명에 세영이 물었다.

"하지만 우리만 나선 것도 아니질 않수. 아까 본 우별초도 있고."

"물색없는 소리하지 마라. 우별초는 임연 상장군의 휘하이니 더 신속하게 마무리하려고만 들 것이다. 쯧, 우리가 금오위 정도의 뒷배만 있어도 뭔가를 해 볼 수 있었을 터인데……."

아쉬워하는 의한의 말에 세영이 의아한 표정으로 물었다.

"금오위도 나와 있잖수?"

"그야 그렇지만… 그들도 임연 상장군의 의중을 거스르려 들진 않을 게다. 아마 대충 들러리나 서고 말겠지."

"순검도령에게 말해서 힘을 좀 실어 달라면 안 되는 거요?"

"순검도령이 뭔 힘을 써. 괜히 나섰다 목이나 잘리지 않으면 다행이지. 턱도 없다."

"하지만 금오위 정도의 뒷배라면 가능하다면서요?"

"금오위의 수장이 상장군이니 하는 소리다. 그 정도는 되어야 힘을 받을 테니. 빌어먹을 순검 팔자."

낙담하는 아비의 모습에 세영이 조심스럽게 물었다.

"혹시 위위경 정도 되면 어떻소. 이런 일에 힘을 쓸 수는 있는 거요?"

"위위경이라면 이척 대장군 말이더냐?"

"맞수. 그 사람이라면 가능한 거요?"

소문이 전하는 이척은 성격이 온유하고 중도를 걷는 이였다. 그 탓에 그는 무신 집정인 김준과 우별초의 상장군인 임연의 가운데에 있는 이라 했다.

 하지만 대부분은 그가 우별초처럼 별기군에 해당하는 위위시를 맡고 있음에 그의 직속상관이자 상장군인 임연의 사람이라 보는 의견이 많았다.

 모르긴 몰라도 그가 나선다면 임연도 한 발 양보할 것임엔 분명했다.

 "왜? 네놈이 그런 높은 분이라도 알고 있더냐?"

 "뭐, 되기만 한다면 끈을 대어 볼 수는 있소만……."

 세영의 말에 잠시 반색을 보이던 의한은 미련을 버리고 고개를 저었다.

 "되었다. 괜히 윗선의 일과 엮여야 좋은 꼴 보기 힘들다. 그냥 손 떼자."

 세영은 그 말을 하는 의한의 얼굴에서 깊은 자괴감을 보았다.

 그렇게 순군영의 순검들은 의한의 결정에 따라 좌늄유의 집에서 물러 나왔다.

 한데 순군영과는 반대 방향으로 걸음을 옮기는 세영에게 의한이 물었다.

 "어디로 가는 게야?"

 "잠시 다녀올 곳이 있소. 하니 아버지 먼저 돌아가슈."

"너무 싸돌아다지니 말고."
"알았수."
그렇게 순군영으로 돌아가는 이들과 헤어진 세영은 발길을 서둘렀다.

❀   ❀   ❀

그렇게 따로 떨어져 세영이 향한 곳은 위위시의 군영이었다.
"아니, 자네… 어서 오게."
이척은 사전에 아무런 약속도 없이 방문한 세영을 반갑게 맞았다.
"송구하오나… 한 가지 청이 있어 찾아뵈었습니다."
"그래? 하면 어서 말해 보게. 내 힘닿는 데까지 도와줄 테니."
이척의 말에 세영은 자신보다 먼저 와 이척과 함께 자리하고 있던 선객을 흘깃거렸다. 그것을 느낀 이척이 물었다.
"왜? 다른 사람이 있는 곳에선 말하기 어려운 것인가?"
"그건 아닙니다만……"
"그럼 편하게 말하게. 달리 소문을 낼 사람이 아니니 걱정하지 말고."
이척의 말에 세영이 조심스럽게 말했다.

"저… 어제 밤에 성내에서 살인 사건이 벌어졌습니다."

"혹 중서문하성의 좌습유인 이지운 공(公) 댁의 사건을 말하는 겐가?"

"예, 맞습니다."

"그건 나도 대강의 보고를 받았네. 한데, 그 일이 왜?"

"그게… 현장을 살펴보다 몇 가지 의구심이 생겨서 집안사람들에 대한 수사를 하고 싶습니다."

"집안사람들이라면……?"

"지체 높은 부녀자들까지 다입니다."

세영의 답에 이척의 시선이 그간 조용히 앉아 있던 이에게 향했다. 그 시선에 그가 말문을 열었다.

"이자는 누군가?"

"내 친우의 사제일세."

"친우?"

"김 병마사 말일세."

"김 병마사라면… 김윤후?"

"맞네."

이척의 답에 사내는 꽤나 놀라는 눈치였다.

그런 그에게서 시선을 돌린 이척이 세영에게 사내를 소개했다.

"인사드리게. 이쪽은 내 친우이자 우별초의 대장군인 임유무일세. 자네가 거론한 좌습유 이지운 공이 바로 이 친구

살인 사건 • 147

의 손위 처남이지."

이척의 소개에 생각보다 거물을 마주한 세영은 군례로 인사를 대신했다.

"충! 순군영 포교인 대정, 박세영입니다."

"임유무일세. 그나저나 의문이 생겼다고?"

"예."

"이척 대장군에게 하는 말로 미루어선 그 집안 여인들에 대한 수사가 필요한 듯하던데… 맞나?"

"그렇습니다."

"그렇게 생각하게 만든 의문 사항을 들어 볼 수 있겠나?"

임유무의 물음에 세영은 의한에게서 들었던 말들을 되짚어 가며 설명했다.

그 설명을 모두 들은 임유무가 걱정 어린 표정으로 물었다.

"그 말은 수사 대상에 내 누님도 포함된다는 뜻이 아닌가?"

임유무의 누이이자 임연의 딸이 바로 이지운의 정실부인이니 당연히 수사 대상에 포함될 것이었다.

"그렇습니다."

세영의 답에 잠시 무언가를 생각해 보던 임유무가 물었다.

"그렇다면 내 자네에게 수사를 맡기는 대신에 한 가지 조건이 있네."

"말씀… 하시지요."

"자네도 알다시피 금오위는 내 아버님이신 임연 상장군과는 파벌을 지고 계시는 김준 상장군의 휘하이네. 만에 하나 조사 과정에서 아버님이 곤란할 만한 것이 나온다면… 금오위보다는 먼저 알길 원하네만."

임유무의 말에 잠시 무언가를 골똘히 생각하던 세영이 물었다.

"대신 그 후에 결과를 어찌 내시든 사실적인 보고만큼은 순검도령에게까진 할 수 있도록 해 주시겠습니까?"

자신의 부친이 정상적인 보고를 할 수 있도록 만들고 싶은 세영의 바람이었다.

그 말에 임유무가 고개를 끄덕였다.

순군영도 별기군에 속하는 곳이라 김준보다는 임연의 휘하에 가까웠던 탓이다.

당연히 순군영의 수장인 순검도령에 대한 영향력도 김준보다는 임연이 더 크다는 판단에서였다.

"좋네, 그렇게 하지. 대신 서둘러야 할 걸세. 그렇지 않으면 금오위가 시체를 치우고 난리를 칠 테니까. 내 우별초의 순검조 별장에겐 따로 명을 내려 놓겠네. 그들의 도움을 받게."

"알겠습니다. 그럼 저는 이만 돌아가겠습니다."

세영의 인사에 이척은 사람 좋은 웃음으로 그를 배웅했다.
"그러게. 다음에도 도울 일이 있거든 찾아오고, 혹여 내가 없거든 여기 이 친구를 찾아도 좋을 걸세."
이척의 말에 임유무가 고개를 끄덕였다.
"그러게. 내게 부탁할 일이 있다면 서슴지 말고 오게."
임유무의 호의에 세영은 고개를 숙였다.
"감사합니다."
인사를 남기고 떠나는 세영을 임유무는 많은 의미가 담긴 시선으로 바라보고 있었다.

⁂　⁂　⁂

위위시의 군영을 벗어난 세영은 곧바로 순군영으로 돌아가 이유를 묻는 의한과 그 휘하 포쾌들을 끌고 다시 이지운의 집으로 향했다.
그곳엔 자신을 도문현이라 소개했던 우별초의 별장이 기다리고 있었다.
"어서 오게. 임유무 대장군껜 명을 받았네. 들어가지."
집 앞 대문에서 기다리고 서 있던 도문현이 의한과 포쾌들을 끌고 다시 나타난 세영을 집 안으로 안내했다.
집 안으로 들어온 이들은 곧바로 시신이 놓여 있는 내실로 안내되었다.

갑자기 순군영의 순검들이 내실까지 들어오자 조사 중이던 금오위에서 짜증을 부렸지만, 도문현이 임유무의 이름을 거론하는 것으로 상황을 정리했다.

이전과는 전혀 다른 적극적인 협조를 받으며 의한과 포쾌들은 수사에 집중하기 시작했다.

그리고 그런 의한의 뒤를 뿌듯한 표정의 세영이 술 사러 가는 주인을 따르는 강아지처럼 졸졸거리며 따라다녔다.

그런 세영을 의한이 곁으로 불렀다.

"봐라. 이 상처로 보아 예리한 칼이 가슴을 단번에 찌르고 들어갔다. 그것도 심장을 향해 정확하게! 의원처럼 사람의 몸에 대해 자세히 아는 사람이거나, 무예를 익힌 사람의 솜씨다. 더구나 주저 없이 단번에 깊숙이, 사람의 숨통이 끊어지도록 칼을 쓴 솜씨로 봐선 사람을 죽여 본 자이거나, 감정의 골이 깊어 이 사람을 찌르는 것을 주저하지 않은 자의 소행이다."

이지운의 후처라는 여인의 시신을 살피며 실명하는 의한의 곁에서 고개를 끄덕이던 세영은 느닷없이 자신을 바라보는 아버지의 눈에서 무언가 질문을 듣고 싶어 한다는 것을 알아차리곤 물었다.

"뭐가 또 있는데 그러슈?"

"놈, 눈치가 조금은 는 듯하구나. 여기 이것을 보아라."

살인 사건 • 151

말을 하며 시신을 들어 등 쪽이 향해 있던 바닥을 보여주었다.

　온통 피바다가 되어 버린 그곳에서 볼 게 무엇이 있는지 알지 못했던 세영이 의문스런 눈길로 의한을 바라보았다.

　"뭐? 피 색깔을 보란 말이요? 검붉은 거야 죽은 지 시간이 조금 지나면 금세 저리……"

　아버지의 눈에 어리는 못마땅함을 눈치챈 세영의 뒷말이 흐려졌다.

　그런 세영에게 의한이 핀잔 어린 음성으로 말했다.

　"피가 스며든 것이다. 상처에서 퍼져 나온 것이 아니라 위에 난 상처에서 피가 흘러 아래로 스며든 것이란 말이다."

　그러면서 손을 놀려 시신의 웃옷을 벗겨 내기 시작했다.

　그 모습에 배석해 있던 금오위의 별장이 못마땅한 표정으로 나서려는 것을 세영 일행을 안내해 들어온 우별초의 도문현이 손을 들어 제지하고 나섰다.

　두 사람의 말없는 실랑이를 알면서도 의한은 손을 멈추지 않았고, 곧 싸늘하게 식은 여인의 상반신은 그 파랗도록 하얀 모습을 드러냈다.

　"보이느냐? 가슴 앞쪽엔 상처가 있지만 등에는 상처가 없다. 이로써 무기는 짧은 것이란 걸 알 수 있다."

　"……"

　"멍청한 놈! 무기가 짧다는 것을 앞에 설명한 말과 연결해 보거라. 그러면 가장 유력한 상황이 떠오르지 않느냐?"
"……"
"에라이! 네놈 머리는 장식으로 달고 있는 게야?"
"험험."
"어험!"
 자신의 말에 일절 대꾸도 못하고 멍하게 바라만 보는 세영에게 야단 삼아 내뱉은 말이었건만, 같은 자리에 있던 두 별장들에게도 해당되는 말이었던 모양이다.
 시뻘겋게 붉어진 얼굴로 연신 헛기침을 해 대는 그들을 일별한 의한은 당황한 표정으로 서둘러 말을 이었다.
 "뭐, 그, 그럴 수도 있지……. 하여간 내가 정리해 본 상황은 이렇다. 짧은 칼로 이렇게 급소를 정확하게 찾아 단숨에 사람의 목숨을 끊어 놓을 수 있는 이들은 그리 많지 않다. 더구나……"
 뒷말을 흐리며 화단이 있는 뒷마당 쪽을 바라보는 것만으로도 의한이 화단에서 발견한 증거와 연결 짓고 있음을 알 수 있었다.
 하지만 세영은 거기까지만 짐작할 수 있었을 뿐, 화단에서 찾아낸 증거들과 지금 아버지가 한 말을 연결시키지는 못하고 있었다.
 의한도 세영이 그렇게 헤매고 있다는 걸 알고 있었지만, 두 별장이 심각한 표정으로 바라보고 있는 곳에서 자신이 알고 있는 것을 모조리 알려 줄 생각은 없었다.

조용히 입을 다물고 시신에 옷을 다시 입힌 의한이 방을 둘러보았다.

그 뒤를 세영은 여전히 졸졸거리며 따랐다.

"저기 보료가 깔려 있다. 아마도 잠잘 시간은 아니었던 모양이다. 침구가 아닌 보료가 깔려 있는 것을 보니 말이다. 그리고 흠… 물건들은 흐트러지지 않았다. 하면 이상한 낌새를 느끼기도 전에 급습을 당했든지, 아니면 너무나 잘 아는 사람이기에 방심하고 있다가 당했다는 것이지. 그도 아니라면……."

말을 흐리며 방바닥에 떨어져 있는 작은 황옥 조각을 집어 들었다.

그것을 세심하게 살피는 의한에게 우별초의 도문현이 한마디 했다.

"그건 죽은 여인의 노리개에 붙어 있던 것이라 하네. 하지만 그것이 떨어져 나간 노리개는 발견되지 않았지. 해서 우린 아마도 범인이 가져간 것이 아닌가 추측하고 있네."

"죽은 여인… 둘째 마님의 노리개에서 떨어진 것이라고요?"

의한의 물음에 도문현이 고개를 끄덕였다.

"그러하네. 좌습유 영감이 가지고 있던 황옥 노리개를 죽은 여인에게 선물한 것이라더군. 그것에 대해선 집안사람들 모두의 증언이 일치하네."

"그런데 그곳에서 떨어진 것인지는 어찌……?"

"이 집안에서 황옥이 들어간 것은 좌습유 영감이 가지고 있다가 선물했다는 그 노리개뿐이라더군."

다시 말해 추측이란 말이었다.

고개를 끄덕여 보인 의한은 다시 한 번 황옥을 세심하게 살핀 후 원래의 자리에 놓아두었다.

그런 의한을 두 별장이 뚫어지게 바라보았다. 무언가 정보를 기대하는 것이다.

하지만 바보가 아닌 다음에야 자신이 파악한 정보를 덧없이 넘길 의한이 아니었다.

입을 굳게 닫은 의한은 이후에 함께 살해당한 아이의 시신까지 확인하고는 조용히 물러나 순군영으로 돌아왔다.

제7장
자객이 들다

"아무래도 손을 떼야겠다."

순군영으로 돌아온 의한의 첫마디에 세영이 놀란 표정으로 물었다

"갑자기 그러는 이유가 뭐요?"

"조짐이 좋지 않아. 웃대가리들끼리의 싸움 같다."

"웃대가리? 뭘 보고 말이요?"

"황옥은 노리개의 것이 맞다. 하지만 세공된 형태가 문신에게 내려지는 둥근 선과 달리 면을 갈아 세운 각을 가지고 있었다. 그런 세공은 무신들에게 내려지는 것이다."

"그게 당최 무슨 소리요?"

여전히 감을 잡지 못하는 세영을 못마땅한 시선으로 바라보던 의한이 말을 이었다.

"그 집의 주인인 좌습유는 문신이다. 무신이 아니란 말이지."

"그래서요?"

"이런 한심한 녀석! 문신에게 무신의 노리개를 하사할 이유가 없질 않느냐."

"하사? 그럼 높은 사람이 내린 것이란 말이요?"

"멍청한 놈, 이런 놈이 무슨 포교랍시고. 황옥은 왕실에서만 사용되는 보석이니라. 당연히 일반 백성들은 가지려야 가질 수 없는 것이란 말이지."

"하지만 좌습유는 가지고 있었다면서요?"

"그건 왕께서 내리셨으니 그랬을 것이다."

"그래서 하사……?"

"그렇지. 문제는 여기서 출발한다. 발견된 황옥이 무신의 것이라면, 그것은 우별초의 그 별장이 한 말처럼 이지운 좌습유가 둘째 부인에게 선물했다는 황옥 노리개가 아니라 범인의 것에서 떨어졌을 가능성이 높다. 그렇다면 범인은 왕께서 황옥을 하사할 정도로 지체 높은 무신일 것이라는 추측이 선다. 거기에다 네놈과 함께 살펴본 화단의 사실을 섞어서 생각하면 상황은 더욱 복잡해진다."

"화단의 사실이라면……?"

"여인. 범인이 여인이라면, 그것도 짧은 단검으로 단박에 사람을 살상할 수 있을 정도의 능력에 황옥을 하사받을 수 있을 정도의 위치에 있는 무신, 아니 여인이니 무관일 가능성이 높겠군."

"여인이 무관인 경우도 있소?"

세영의 질문에 의한의 고개가 끄덕여졌다.

"궁엔 여인들로 구성된 낭자대가 있다. 모두 이군 중 하나인 응양군에 속해 있는 견룡(牽龍)들로 내명부의 마마들을 호위하는 임무를 맡고 있지."

"하면?"

"그래, 정말로 범인이 그 견룡 중 하나라면 이건 임연 상장군과 척을 지고 있는 김준 상장군의 짓이 된다. 이군육위가 모두 김준 상장군의 휘하이니까. 하니 그 양반의 짓이 아니라도 책임을 면하긴 어렵지. 이게 드러나면 양 파벌 간에 피가 튈 거다."

비슷하다고는 하나 임연보다 김준의 힘이 미세하게 우월했다.

그가 무신 집정인 탓도 있지만, 화친 이후 입지가 약화된 삼별초가 임연의 수족인 까닭이 컸다.

"하면 이대로 접는 거요?"

"그래. 우리같이 힘없는 순군영이 다룰 만한 사건이 아니다. 손을 잘못 댔다가는 괜히 엄한 꼴 당하기 쉽다."

의한의 말에 세영의 표정이 어두워졌다. 임유무에게 무어라 보고를 해야 할지 답답해진 까닭이다.

이럴 줄 알았으면 조용히 입 다물고 있을 걸, 잘못 나섰다는 생각도 들었다.

"알았수."

맥 빠진 세영의 답에 고개를 끄덕여 준 의한은 다른 포쾌들의 어깨를 두드려 주곤 보고를 위해 순검도령의 집무실로 향했다.

순검도령에게 저간의 상황을 설명하고 손을 떼겠다 말하던 의한은 생각 외의 답을 들었다.

"그게 무슨 말씀입니까? 제대로 조사하라니요?"

"자네, 유경 대감은 알지?"

"우부승선(右副承宣)이 아니십니까?"

"그래, 그분이 사람을 보내오셨네."

"사람을요?"

"그러하네. 이번 사건의 희생자가 바로 그분의 셋째 따님이라는군."

놀란 박의한의 눈이 커졌다.

"하, 하면……?"

"그래. 그분께선 엄정한 수사를 원하시네. 필요하다면 좌우위(左右衛)의 병사들을 지원하겠다 하시더군."

문신인 유경이 좌우위 상장군을 겸하는 것이 의외이긴

했지만, 여하간 그의 직함 중엔 분명 좌우위 상장군이 포함되어 있었다.
"복잡하게 되었군요."
"자네의 말대로라면 더 복잡하지."
의한만큼이나 얼굴이 어두운 김솔의 답에 그의 걱정이 그대로 드러났다.
"하면 어찌하실 작정이십니까?"
"유경 대감을 문신이라고 우습게 보지 말게. 그분이 좌우위 상장군을 제수받은 것이 그냥 허울만은 아니라네."
문신 중 유난히 무신과 가까운 이가 바로 유경이다. 무신들과 어울리다 보니 자연스럽게 칼 쓰는 법도 배우고, 활도 꽤 잘 쏜다. 소문엔 웬만한 무장보다 나은 활 실력을 지녔다고도 했다.
"하면 따르실 생각이십니까?"
"자네가 도착하기 전에 이미 좌우위에서 사람이 나왔으니 별수 없지."
"벌써 말입니까?"
"우리가 손을 뗄까 꽤나 신경을 쓰는 눈치더군."
"그들도 저간의 사정을 안다는 말이군요."
"짐작을 했으니 그리 빠르게 움직이는 것이겠지."
"누가 나왔습니까?"
말이 위(衛)이지, 송도와 변경 방어가 원래의 임무인 좌우위와 흥위위, 그리고 신호위는 지금은 허울만 남은 부대였다.

그렇다고 완전히 와해된 것은 아니라서 다수의 장수들과 수천의 병사들을 보유하고 있었다.

"좌우위의 이치명 대장군일세."

"예! 대장군이요?"

"그래. 그가 직접 스물의 무장들을 이끌고 왔네. 대부분이 산원 이상의 장수들일세."

"이런!"

상황이 그렇다면 이건 빼도 박도 못하는 상황이 되어 버린 셈이다.

"해서 하는 말이네만 이번 일을 비호대에 맡길 생각일세."

"예! 비호대요? 재건된 지 얼마 되지도 않은 곳에 무엇을 기대하신다고……."

아들에 대한 걱정이 깊은 의한으로서는 놀랍고 당황스러울 뿐이었다.

"실력을 기대해서가 아닐세. 자네는 모르는 모양이네만, 비호대주가 위위경인 이척 대장군과 자별한 듯하더군. 그 양반이 중도를 지킨다고는 하나 역시 권신이 아닌가. 그 힘을 빌려 보자는 말일세."

이이제이라고, 힘을 힘으로서 눌러 보려는 의도였다.

마른하늘에 날벼락이라고 자신에게 기회를 준 임유무에게 뭐라 설명을 해야 하나 걱정을 하던 세영은 세밀히 사건을 수사하라는 순검도령의 명령서를 받았다.

"손 뗀다면서요!"

명령서를 가져다준 의한을 바라보는 세영의 볼이 잔뜩 부었다. 그도 이 일이 얼마나 위험한 일인지 대강이나마 눈치챈 것이다.

"상황이 여의치 않게 되었다. 죽은 여인이 우부승선 겸 좌우위 상장군인 유경 대감의 셋째 여식이란다."

"뭐요?"

산 넘어 산이라더니, 임연도 모자라 유경의 이름까지 거론되었다. 그는 김준, 임연 등과 함께 최의를 죽여 위사공신이 된 사람이다. 당금 권력의 핵심 인사 중 한 명이라는 의미였다.

놀라는 세영에게 의한이 걱정 어린 음성으로 말했다.

"복잡해도 보통 복잡한 일이 아니게 되었다. 더구나 지금 좌우위에서 대장군이 스물이나 되는 장수들과 함께 나와 있다더라."

"좌우위? 좌우위에선 또 왜요?"

"우부승선의 직책에 좌우위 상장군이 더해 있거든."

"그럼 지들이 직접 하지, 왜 우리에게?"

"명분이지. 우별초가 있는 임연 상장군이나 금오위를 움직일 수 있는 김준 상장군과 달리 유경 대감에겐 좌우위뿐이니까."

"결국 두 권신에게 끈이 없는 순군영이 이용당하게 생겼다는 말이 아니오?"

"그래. 아무래도 이번엔 똥 밟은 거 같다."

"제기랄, 그런데 하필 왜 비호대인 거요?"

"순검도령께선 네놈이 위위경과 알고 지낸다 하더라만, 사실이더냐?"

"뭐, 조금… 사형과 인연이 있는 모양입니다."

세영의 답에 조금은 안심하는 표정이 된 의한이 말했다.

"그분께 청을 넣어 사건을 서둘러 마무리해 달라고 해라. 그분 정도라면 별 충돌 없이 각 파벌 간에 협의를 유도해 낼 수 있을 게다."

"하지만 사건의 내막이 김준 상장군에게 불리하다고 안 했수?"

"그러니 더 이상 파고들지 말고 겉만 돌아야지. 그 안에 위위경이 움직여 주어야 하고."

"상황이 그런데 위위경이 움직여 주겠수?"

"그래 주길 바래야겠지."

의한의 말에 세영의 표정은 밝지 않았다.

임연의 장자인 임유무를 공공연히 친우라 소개한 이척이다. 그런 이가 정적인 김준에게 타격을 입힐 수 있는 이 일을 서둘러 봉합하려 할지 장담할 수 없었던 것이다.

설사 이척은 그럴 생각이 있다 해도 임유무가 이 일을 알게 될 경우 사태가 어떻게 흐를지도 걱정이었다.

아버지와 순검도령에게 등을 떠밀려 이척을 찾았던 세영은 그의 걱정대로 기대 이하의 답을 받은 채 돌아왔다.

"어정쩡한 대처는 더 큰 사단을 만들뿐이라 했다고?"

의한의 물음에 세영이 고개를 끄덕였다.

"그럽디다. 섣부른 봉합은 오히려 돌이키기 어려운 유혈 사태를 촉발할 수도 있다고 말이우."

세영의 답에 의한이 김솔에게 시선을 주며 말했다.

"상황이 예상하는 것보다 더 안 좋게 흐를 모양입니다."

"그럴 모양이군. 이렇게 되면 아예 우리가 나서서 이 문제를 해결해 보면 어떻겠나?"

"우리가 말입니까?"

걱정스런 의한의 물음에 김솔의 고개가 끄덕여졌다.

"그러하네. 괜히 이렇게 끌려다니다간 엉뚱한 일에 휩쓸려 개피를 볼 수도 있네. 그러니 차라리 우리가 이번 사건의 조사를 주도해 보자는 걸세."

"가능… 하겠습니까?"

"안 될 것도 없겠지. 비호대주는 이제부터 적극적으로 나서 보게."

의욕을 앞세우는 김솔을 의한은 걱정스런 시선으로 바라보았다. 그 탓인지 김솔이 집무실로 들어가자 의한은 세영을 따로 불러냈다.

"왜요?"

"순검도령의 명령… 일단 무시해라."

"어째서요?"

"지금 우리가 파고들면 어디서 누구에게 칼 맞을지 모른다."

"설마… 우릴 공격할 수도 있다는 소리요?"

놀라는 세영의 물음에 의한이 혀를 찼다.

"쯧, 호들갑은… 권력 싸움이다. 그것에 휩쓸리며 피 보는 건 예사가 될 게다. 하니, 가능한 한 그 일에 휘말리지 말아야지."

"어떻게 말이우?"

"일단 시간을 끌어. 시간이 길어지면 저희들끼리 해결을 볼 수밖에 없다. 이런 문제가 길어지는 건 무신 집정인 김준 상장군이나, 관계자인 임연 상장군, 또 피해자 쪽인 유경 대감에게도 득이 되진 않을 테니까."

의한의 말에 세영이 물었다.

"그냥 무조건 시간을 끌면 되는 거요?"

"그래, 일단은 그 수밖에 없다."

"아버지가 그리하라면 그리하겠지만……."

뒷말을 흐리는 세영의 태도가 불확실하다고 느꼈던지 의한이 확답을 요구하고 나섰다.

"딴 생각은 말고, 내 말 명심해! 알겠지?"

"뭐… 알았수."

"건성으로 말고."

"건성 아니오. 알았으니 걱정 마슈."

손사래를 치며 일어서는 세영을 의한이 걱정스럽게 불러 세웠다.

"어딜 가게?"

"시간을 끌더라도 나가서 끌어야 할 게 아니우. 사건 파헤치라는 순검도령의 명이 떨어졌는데 군영에 처박혀 있으면 항명밖에 더 되겠수."

툴툴거리는 세영의 말이 옳았기에 의한은 비호대 소속 포쾌들을 이끌고 나서는 아들을 걱정 어린 시선으로 바라만 볼 수밖에 없었다.

❀   ❀   ❀

같은 시각, 도방의 개인 집무실에선 무신 집정인 김준과 그의 부장이 대화를 나누고 있었다.

"유경 상장군이 일을 어렵게 만든 모양입니다."

부장의 보고에 인상을 구긴 김준이 물었다.

"좌우위라도 동원한 겐가?"

"이치명 대장군이 좌우위에서 날고 긴다는 무장 스물을 추려 순군영에 진을 치고 있답니다."

"이런, 그리되면 왕실의 의중에 놀아나는 일이 된다는 것을 정녕 모른단 말인가?"

김준의 탄식에 부장이 조심스럽게 물었다.

"한데 이번 일, 정말 국왕 전하의 짓입니까?"

좀처럼 믿기지 않는지 불신을 담은 물음을 던지는 부장에게 김준은 답 대신 다른 것을 물었다.

"나와 임연이 싸워 득을 보는 곳이 어디라 보는가?"

"그야……."

유경 대감이라 말하려던 부장은 입을 닫았다.

유경이 비록 위사공신으로 김준, 임연과 같은 반열에 올라 있다지만 보유한 권력이나 무력은 나머지 두 사람과 천양지차였다.

설사 김준과 임연 두 사람이 살육전을 벌여 전력을 깎아먹었더라도 남겨진 병력만으로 충분히 제압이 가능한 전력밖에 가지지 못한 이가 바로 유경이었던 것이다. 그렇게 유경을 제하고 나니 김준의 말대로 남는 건 왕실, 다시 말해 국왕뿐이다.

거기다 동기도 충분했다.

비록 최씨 정권이 무너졌다고는 하나 여전히 통치권은 무신들의 수중에 있었다. 아직도 무신들의 세력이 강력했기 때문이다.

그런 상황에서 통치권을 회수하려면 방법은 하나뿐이었다.

바로 무신들 간의 살육전 말이다.

더구나 지금은 국왕에게 기울어 있는 병력들이 이전에 비해 훨씬 많아진 상황이었다.

특히 김윤후와 몇몇 기라성 같은 의병장 출신의 장수들은 국왕에게 절대적인 지지를 보내고 있었다.

만에 하나 임연과 김준이 유혈 충돌을 빚어 전력이 깎인 상태에서 그들이 병력을 몰고 강화로 들어온다면…….

비로소 사태의 심각성을 인식한 부장이 김준에게 물었다.

"어찌 처리하올지?"

"사건을 맡은 이가 순군영의 대정이라고?"

"예, 사라졌던 비호대를 재건한 자리 힙니다."

"능력은?"

"그것까지는 알지 못합니다만, 위위경인 이척 대장군과 연이 있는 것 같습니다."

"위위경과?"

"예, 자세한 관계는 알 수 없었지만 두 사람이 만나는 것이 목격되었습니다. 더구나 그 자리엔 우별초의 임유무 대장군이 동석했던 것으로 압니다."

부장의 말에 김준의 눈매가 가늘어졌다.

"하면 놈이 임연 쪽에 붙었다 보아야 하는 게 아닌가."

"확실하진 않으나 그럴 가능성이 높다고 사료되옵니다."

그 말에 무언가를 골똘히 생각하던 김준이 명했다.

"놈을 제거할 방법을 찾게."

"제… 거입니까?"

"그래, 가장 빠르고 간결한 방법이니까."

"알겠습니다, 집정."

복명하는 부장을 바라보는 김준의 눈빛은 차가운 야수의 것이었다.

❈   ❈   ❈

부친의 말대로 멀뚱히 이지훈의 집에서 시간만 때우다 돌아온 세영은 녹초가 된 몸을 이끌고 집으로 돌아왔다.

"밥은 먹은 게야?"

"생각 없소."

옷도 제대로 벗지 않고 방에 늘어지는 세영에게 의한이 타박을 해 댔다.

"씻고 눕든가!"

"좀 봐주슈. 아주 피곤해 죽겠소."

하는 일 없이 빈둥거리다 왔을 테니 체력적으로 피곤한 건 아닐 것이다.

하지만 정신적으론 지독히 피곤할 것이기도 했다. 자신들의 일거수일투족을 지켜보는 이들의 시선 속에서 들키지 않고 시간을 고의로 허비한다는 것이 결코 쉬운 일은 아니었을 테니까 말이다.

"놈… 알았다. 자라."

의한의 허락에 빙긋이 미소 지은 세영은 곧바로 코를 골아 댔다.

그런 세영을 바라보는 의한은 안타까운 표정을 감추지 못했다.

늦은 밤, 세영이 눈을 뜬 것은 무언가 그의 신경을 거스르는 것이 다가오는 것을 느낀 까닭이었다.

슬쩍 옆자리의 부친을 살폈지만 돌아누운 의한은 깊은 잠에 빠진 듯 보였다.

슬그머니 이불을 빠져나온 세영이 방 밖으로 나왔다.

밝은 달빛이 비추는 마당에 순간적으로 그림자가 어린 것은 바로 그때였다.

쉐엑- 퍽!

무언가가 날아와 툇마루를 깨고 깊이 틀어박혔다.

자객이 들다 • 173

하지만 그 자리에 있어야 할 세영의 모습은 사라지고 없었다.

"컥-!"

급격한 신음과 함께 온통 검은색 야행복으로 온몸을 감싸안은 복면인이 지붕 위에서 떨어져 내렸다.

척-

복면인의 목 위에 발을 올려놓은 것은 세영이었다.

"말하면 살려 준다. 모두 다 털어놓으면 놓아도 줄 생각이고. 대신 입을 다물 거라면 고개만 끄덕여라. 목을 사뿐히 꺾어 줄 테니까."

세영의 말에 복면인은 아무 말도 없었다. 그렇다고 고개를 끄덕이지도 않았다.

"가만히 있는 건 내가 제시한 조건엔 들어 있지 않았다만."

그 말이 끝나기 무섭게 세영의 시선이 방 쪽으로 돌려졌다. 또 다른 기운이 방 안에서 느껴진 것이다.

"이런 개 같은!"

우두둑!

바닥을 박차는 힘에 발밑에 있던 복면인의 목이 섬뜩한 소리와 함께 힘없이 꺾였다.

쾅!

문을 부수고 들어간 세영의 시야에 의한을 향해 칼을 내려치는 복면인이 보였다.

놈과의 거리는 반장, 팔과 다리, 아무것도 닿을 수 없는 거리였다. 그렇다고 세영의 품에 던질 만한 무기도 없었다.

부악!

손이 벽을 훑고 지나가며 몇 조각의 나무가 잡혔다.

쒜에에엑- 푸북!

"컥!"

짧은 비명과 함께 가슴과 팔에 나무 조각을 깊게 박아 넣은 복면인이 반대편 벽에 처박혔다. 이동하던 대로 놈을 쫓아 들어갔다.

하지만 두 번째의 공격은 필요치 않았다.

숨이 끊어진 복면인을 뒤로하고 의한을 살폈다.

"아버지, 괜찮아요?"

부친의 몸을 돌려보던 세영의 표정이 굳었다.

의한이 입에 가죽이 감긴 나무토막을 물고 부들부들 몸을 떨고 있었기 때문이었다.

"왜, 왜 그래요?"

당황한 세영의 물음에도 묵묵부답이었다.

의한은 지금 거센 고통에 내몰린 채 세영의 부름조차 듣지 못하는 상태였다.

그 모습에 놀란 세영이 의한을 둘러업고 뛰었다.

"의원, 의원!"

자객이 들다 • 175

이럴 줄 알았다면 시전 통에 자리한 상점들의 위치를 제대로 파악해 둘 것을 그랬다.

때늦은 후회를 곱씹으며 세영은 시전 통을 샅샅이 뒤졌다.

제8장
복잡해지다

　일각이 넘어서야 시전 뒤편 골목에 자리한 의원을 간신히 찾아낸 세영이 문을 박차고 들이닥쳤다.
　자다 말고 끌려 나온 의원은 의한을 보고는 한숨을 내쉬었다.
　"박 포교시구려."
　"맞소."
　아직 당황을 떨쳐 내지 못한 세영을 바라보며 의원이 물었다.
　"어찌 되시오?"
　"내 아버님이오."
　세영의 답에 의원이 미소를 지었다.

복잡해지다 • 179

"얼마 전에 돌아와 포교가 되었다는 그 양반이구려."
"날… 아시오?"
"박 포교께서 자랑이 이만저만이 아니었소."
의원의 말에 고개를 끄덕인 세영이 그를 재촉했다.
"그건 알겠으니, 어서 아버지 좀 봐 주시오."
세영의 부탁에 의원은 안타까운 표정으로 고개를 저었다.
"알겠지만… 내 능력 밖의 일이오."
"그게 무슨 소리요?"
놀라는 세영에게 의원이 물었다.
"아버님의 병세를… 몰랐던 게요?"
"병세……?"
세영의 반응에 의원이 혀를 찼다.
"쯔쯔, 몰랐던 게로군."
"무슨… 병이오?"
"정확히 말하자면… 병은 아니오."
"병이 아닌데 이렇게 떤단 말이오?"
"그냥 두면 나아질 테니 이리 와서 앉아 보시구려."
의원의 말에 세영은 마지못한 표정으로 의한에게서 떨어져 앉았다. 그럼에도 부친에게서 눈을 못 떼는 세영에게 의원이 차를 내놨다.
"드시구려. 마음을 가라앉히는 덴 차만 한 게 없으니."
자신의 권유에도 불구하고 차엔 손도 대지 않고 의한만

바라보는 세영의 모습에 의원이 말을 이었다.

"흠… 우선 병세를 거론하기 전에… 혹 무림인이라는 이들에 대해서 아시오?"

"무림인… 지나 애들 이야기가 아니오?"

"맞소. 지나에 있다는 무인들을 그리 부르지요."

"한데, 그들은 갑자기 왜……?"

불안하게 묻는 세영에게 의원이 말을 이었다.

"그들이 사용하는 방법 가운데 내가중수법이라는 것이 있다오."

사부에게 들어서 안다. 내력이라는 것을 상대의 몸속에 침투시켜 상하게 만드는 것이라고.

"알고 있소."

세영의 말에 의원은 의외라는 표정으로 그를 바라보았다.

"어찌 그런 것을 아시오?"

"사부께… 한데, 의원은 어찌 아시오?"

"소싯적에 지나의 땅을 돌아다녔던 적이 있었소. 그때 주위들은 풍월이 적지 않다오."

자신의 말에 고개를 끄덕이는 세영에게 의원이 말을 이었다.

"그 내가중수법에 당한 상흔이오."

"무슨……?"

"박 포교의 내부에 다른 이의 내력이 들어와 있다는 말

복잡해지다 • 181

이외다. 그것들이 본연의 선천지기와 충돌을 해 대니 고통을 느낄 수밖에. 누구의 소행인지 고약스러운 일이외다."

"그 말은 고의로……."

"맞소. 원래 내가중수법은 상대의 격살에 무게를 두는 것. 하지만 박 포교의 경우엔 살상력을 죽인 대신 극도의 고통을 주게 만들어 놓은 셈이오."

"어떤 개자식이!"

당장 분노를 드러내는 세영에게 의원이 고개를 저었다.

"그야 알 수 없소. 다만 선천지기와 충돌해 대는 기운이 열기와 냉기를 번갈아 가며 뿜어낸다는 것밖에는. 내 추측이오만, 빙공과 열양지공을 익힌 고수 둘에게 동시에 내가중수법을 당한 듯하오이다."

"무슨 말도 안 되는……. 아버진 고려를 벗어나 본 적이 없소."

고려 땅을 벗어난 본 적이 없는 사람이 어디서 빙공과 열양지공을 익힌 중원의 무림인을 둘씩이나 만나 내가중수법에 당한단 말인가?

세영의 부정에 의원이 어두운 표정으로 말했다.

"박 포교와 같은 증상을 가진 환자들이 몇 명 더 있었소. 대부분 몽고군의 포로로 잡혔다 풀려난 이들이라오."

"그, 그럼……?"

"포로로 잡혀 있던 몽고 군영에서 무림인들과 마주쳤던

모양이라 짐작할 뿐이오."

의원의 말에 세영은 충주 산성 싸움에서 마주쳤던 무림인들을 떠올렸다. 그들을 자신만 마주쳤다고 생각할 순 없었다.

'한데, 포로라고?'

"혹 아버지도 포로로 잡혀 있었던 적이 있단 말이오?"

"내가 알기론 그러하오만."

의원의 말에 세영은 놀란 표정을 지었다.

"그것도 몰랐던 모양이구려."

의원의 음성이 마치 비난 같아 세영은 고개를 들지 못했다.

의한을 업은 세영이 집으로 돌아온 것은 새벽녘이었다.

고통에서 해방된 의한은 걸을 수 있다고 말했지만 세영은 막무가내였다.

"시신이……."

집에 도착한 세영은 놀란 음성을 토했다. 남아 있이아 하는 자객들의 시신이 아무 곳에도 없었던 것이다.

"신경 쓰지 마라."

"어떻게 신경을 안 써요?"

"시신만 가져가고 우릴 다시 노리지 않은 것으로 보아선 암습은 포기했을 것이니 하는 말이다."

"마치 누가 이랬는지 아는 투로구려."

"뻔한 거 아니겠냐. 다 지금 우리가 조사하고 있는 살인사건에 관계된 이들의 짓이겠지."

"그럼……."

놀라는 세영에게 의한이 담담한 음성으로 말했다.

"조급한 것이다. 우리가 시간을 끄는 것에 대한 반응이든, 덮기 위한 노력이든. 하지만 나쁜 징조만은 아니다."

"어째서 그렇수?"

"직접 손을 써 올 정도로 다급하다는 것이니까. 조금만 더 끌면 저희들끼리 결정을 볼 게다. 그동안 각별히 조심해야 할 게야."

"나야, 뭐… 아버지나 조심하우. 밤엔 혼자 다니지 말고."

"알았다."

순순히 답하는 의한에게 세영이 물었다.

"근데… 포로… 로 잡힌 적이 있었수?"

세영의 물음에 의한이 겸연쩍은 표정을 지었다.

"재수가 없었던 게지."

"언제… 였수?"

"널 떠나보낸 직후였다. 전장으로 나갈 일만 아니었다면 네놈을 보내는 일도 없었을 테니까."

씁쓸하게 웃는 의한을 바라보며 세영이 물었다.

"어떻게… 된 거요?"

"뭐가?"

"그… 거 말이유."

"그거라니?"

"아까 겪었던 그거 말이유."

눈도 제대로 맞추지 못하고 묻는 세영을 바라보며 의한은 희미하게 웃었다.

"네놈 잘못도 아닌데 왜 눈을 피하고 그려."

"그냥… 그리고 묻는 말엔 아직 답 안 했수."

"옛일이다. 네놈이 알아서 뭐하려고?"

"제 아비의 일도 모른다는 타박을 또 듣게 할 생각이시우?"

타박을 들었던 적은 없다. 단지 세영 자신이 그리 받아들였을 뿐.

"쯧, 나 의원이 쓸데없는 말을 했던 모양이로구만."

"쓸데가 있든, 없든. 이야기나 해 주슈."

세영의 거듭된 요구에 의한이 마치 손자를 앉혀 놓고 옛이야기를 풀어 놓는 할아버지처럼 이야기를 시작했다.

"놈들은 우리 고려군의 작전을 알고 싶어 했고, 우린 알려 줄 수가 없었다. 아니, 솔직히 말하자면 알고 있는 게 없었다는 게 맞겠지. 당연히 고문이 따라왔다. 그걸 맡았던 이들이 한족이었다."

"무림인 말이오?"

"무림인인지 아닌지는 모른다. 단지 그들의 손짓 몇 번에 피를 토하고 사지를 뒤틀며 고통스러워했던 것만 기억날 뿐."

"의원은 아버지가 내가중수법에 당했다고 합디다만……."

"그 이야기는 나도 들었다. 그래도 난 재수가 좋은 편이다. 함께 돌아왔던 이들 중 상당수가 몇 년을 넘기지 못하고 피를 토하며 죽었으니까."

그 말은 의한도 죽었을 수 있었다는 소리였다. 주먹을 꽉 쥔 세영이 물었다.

"혹 어떤 놈이 손을 쓴 건지 모르는 거요?"

"지난 놈들이야 다 그놈이 그놈 같아서……."

"이름도 들은 게 없소?"

"이름이라……. 그러고 보니 이름 하나가 기억에 남아 있구나."

"뭐요? 그게?"

중원이 옆 동네라면 금방이라도 쫓아갈 기세였다. 그런 아들의 반응에 의한은 작게 미소 지었다.

"네놈이 알아서 뭐하게?"

"그, 그냥… 그냥 알아 두려는 거요."

손을 쓸 수 없다는 걸 아는지 답을 더듬는 세영에게 의한이 답했다.

"구한지… 구한지라 했다. 유일하게 고문 중에 사람을 죽이던 놈이었지."

의한의 말에 세영이 중얼거렸다.

"구한지, 구한지······."

계속 중얼거리는 모양새가 중원으로 나가겠다고 나설까 싶어 의한이 단속을 하고 나섰다.

"행여 지나 땅으로 나간다느니 하는 쓸데없는 생각은 하지 말고."

갈 수만 있다면 갈 것이다. 하지만 중원 대부분을 차지하고 있는 몽고와 고려의 관계상 지나의 땅에 들어갈 방도는 없었다.

화친을 맺었다곤 하나 아직 몽고는 고려인을 자신들이 차지한 지나의 땅으로 들이는 것을 금하고 있었기 때문이었다.

"무슨 수로··· 여하간 지금은 아니니 걱정 마시우."

그 말은 나중에 갈수 있으면 가겠단 소리였다. 하지만 그것도 쉬 될 일이 아니었기에 의한은 흘려들었다.

"딴 생각일랑 말고 순군영 일이나 잘해."

"걱정은··· 내 걱정일랑 접어 두고 아버지 건강이나 신경 쓰란 말이오."

퉁명스러운 음성이었지만 그래도 자식의 걱정이라고, 의한의 입가엔 슬며시 미소가 깃들었다.

복잡해지다

❀   ❀   ❀

 부장의 보고에 김준은 분노하고 있었다.
 "쓸모없는 자객 놈들!"
 "어찌… 다시 보내올지?"
 "쓸 만한 놈들이 있긴 하고?"
 사나운 김준의 물음에 부장은 얼른 답을 하지 못했다.
 나라가 전쟁의 화마에 휘말린 이후 뛰어난 실력을 가진 고려의 무인은 자의든 타의든 모조리 군부에 동원된 상태였다.
 "하오면… 차라리 장수를 동원하는 것이……."
 "우리가 한 일이라고 떠들어 대자는 소린가!"
 "가, 감추면……."
 "어찌? 갑주와 전포를 벗긴다고 동원된 장수들의 신분이 감춰진다던가?"
 거세게 몰아붙이는 김준의 호통에 부장은 결국 입을 다물었다.
 그런 부장을 바라보며 한참 분노를 터트리던 김준이 간신히 화를 가라앉히고 다시 말을 이었다.
 "놈을 직접 치지 말고 주변을 쳐라."
 "예?"
 "직접 치면 의심을 산다. 하니 주변을 쳐서 겁을 주란 말이다."

"아! 하오면 누굴……?"

"친구보단 피붙이가 낫겠지. 가족에서 찾아라. 아버지나 자식이면 최고겠지."

김준의 말에 일전에 조사했던 기록을 떠올린 부장이 말했다.

"가족이라곤 순군영에서 함께 근무하는 아비 하나뿐인 것으로 압니다."

"하면 그자를 잡아. 물론 우리가 한 일임을 드러내진 않아야겠지."

"사고나 우연으로 위장해 보겠습니다."

"우연히 일어난 사고라면 더 좋을 게다."

김준의 말에 부장이 고개를 조아렸다.

"예, 집정. 하온데 그것으로 문제가 해결되올지요?"

"제 놈도 머리가 있는 놈이라면 함부로 움직이다간 제 목도 날아간다는 것을 느낄 게다. 그러면 결론을 어찌 내야 할지도 알겠지."

김준의 말에 부장이 다시금 고개를 조아렸다.

"명을 받잡습니다."

조용히 물러나는 부장을 김준이 차갑게 가라앉은 시선으로 바라보았다.

❀   ❀   ❀

그날도 살인 사건의 조사를 핑계로 세영은 비호대를 이끌고 좌습유의 사가에 나가 있었다. 관계인들이 먼저 지치길 기다리며 시간을 끌어야 하는 세영으로서는 쉽지만은 않은 행보였다.

그렇게 비호대가 순군영을 비운 와중에 난동 사건이 접수되었다.

"포령 나리, 지금 관내 주막에서 용호군 소속의 무장이 난동을 부리고 있답니다. 우별초와 금오위에선 우리에게 사건을 맡으랍니다."

금오위와 우별초에서 보낸 전교를 들고 온 포쾌의 보고에 최 포령이 고개를 갸웃거렸다.

"별기군인 우별초야 그렇다지만, 용호군과 한 지붕 식구인 금오위는 왜?"

"그건 저도 잘 모르겠습니다."

"혹 난동을 부리는 자가 장수인가?"

최 포령의 물음에 전교를 들고 온 포쾌가 고개를 끄덕였다.

"예, 그렇답니다."

"빌어먹을 자식들, 훗날이 감당되지 않는다… 그 말이로군."

"어찌… 할까요?"

포쾌의 물음에 최 포령이 명령을 내렸다.

"할 수 없는 일이지. 포반에 출동을 명령해."

"예, 포령 나리."

최 포령의 명을 받은 포쾌는 대기조가 쉬고 있는 포반으로 향했다.

"출동입니다."

포쾌의 말에 마침 대기조를 맡고 있던 의한이 물었다.

"무슨 일이냐?"

"주막에서 용호군의 무장이 난동을 부리고 있답니다."

그 말에 의한이 미간이 찌푸려졌다.

"빌어먹을, 껄끄럽다고 또 우리에게 팔밀이를 한 모양이로군."

"예, 최 포령께서도 화가 나지만 어쩔 수 없는 일이라 하셨습니다."

"그래, 그 말이 맞다. 힘없는 순군영이 동네북인 걸 어쩌겠나. 뭐해, 어여 일어들 나지 않고."

의한의 말에 포반에서 쉬고 있던 대기조 포쾌들 다섯이 주섬주섬 육모방망이를 들고 자리에서 일어섰다.

"무기를 가져가셔야죠?"

최 포령의 명령을 전하러 왔던 포쾌의 말에 의한이 고개를 저었다.

"괜히 무기를 가져갔다가 상대가 더 날뛰면 그게 오히려 우릴 해치는 흉기가 될 수도 있다. 육모방망이 정도가 좋아."

그 말을 남겨 둔 의한은 대기조 포쾌들을 이끌고 포반을 나섰다.

좌별초가 별기군 중에서 최고의 정예라면 용호군은 고려의 중앙군인 이군육위에서 최고의 정예였다.

그만큼 실전 경험도 많고, 승전도 여러 차례 거둔 명실상부한 최강의 전투부대다. 난동자가 그런 부대의 장수라니 위험도는 지극히 높았다.

"가능한 한 난동자에게 가깝게 붙지 마라. 쉽게 생각하고 어줍지 않게 붙었다간 우리 쪽이 박살 날 수도 있다."

주막으로 향하면서 전하는 의한의 경고에 뒤를 따르는 포쾌들이 고개를 끄덕였다.

포반을 나선 지 일각 만에 주막에 도착한 의한과 포쾌들은 눈앞의 광경에 절로 눈살을 찌푸렸다.

주막은 엉망진창이었다.

평상이란 평상은 모조리 뒤엎어졌고, 얻어맞아 정신을 잃은 채 나뒹구는 손님들도 적지 않았다. 거기다 난동은 여전히 진행형이었다.

"쉽지 않겠는데요."

함께 온 포쾌의 말대로다.

한창 난동을 부리고 있는 자는 키가 칠척장신에 덩치도 산만 했다. 거기다 부릅뜬 눈은 다가가기조차 두려울 정도의 호안(虎眼)이었다.

"전포가 용호군의 것이니 저자가 확실한 모양이다만… 이거 참……."

난감해하는 의한이 주변을 둘러보다 예상치 못한 사람들을 발견했다.

"저들이 왜……?"

"어! 용호군의 감찰조(監察組) 아닙니까."

포쾌들의 말에 의한이 고개를 끄덕였다.

"그러게 말이다."

자신들에게 팔밀이를 했다 해서 얼씬도 안 할 줄 알았는데 의외였다.

그 탓에 의한이 그들에게 다가갔다.

"순군영에서 나온 포교요."

의힌의 인사에 주막에서 멀찍이 떨어져 상황을 주시하고 있던 용호군 감찰조의 하급 군관이 마지못한 표정으로 답했다.

"용호군 감찰조에 속한 부위(副尉)요."

"한데… 우리 쪽에 사건을 맡긴 걸로 알았소만……."

"사태가 커질지 모르니 나가 보라는 명을 받았소."

"하면 진압… 안 하시오?"

"단지 지켜보란 명만 받았을 뿐, 진압 작전은 순군영에서 하는 걸로 알고 있소."

역시나 팔밀이다. 그러면서 왜 나와 보는지……. 속으로 투덜거린 의한이 물었다.

"한데, 도대체 저 양반은 누구요?"

"곽진이라는 별장 나리시오."

"아니, 별장씩이나 되는 양반이 왜 저러는 게요?"

"이번에 승차 기회가 있었는데, 그것에서 탈락되어 저러신다오."

"이런……."

다루기 가장 어려운 상대였다.

뛰어난 무력을 지닌 데다 대상을 알 수 없는 적개심을 품은 취객…….

피할 수만 있다면 피해야 하는 상대였지만, 자신들을 바라보는 상인들과 행인들, 그리고 용호군 감찰조 병사들의 시선까지 받는 이상 그럴 수는 없었다.

다시 포쾌들이 기다리는 곳으로 돌아온 의한이 말했다.

"별수 없이 우리가 나서야 할 모양이다. 마음 다잡고, 다시 말하지만 너무 붙지 마라. 물론 그렇다고 뿔뿔이 흩어지지도 말고. 괜히 흩어져서 약세를 보이면 달려들 수도 있다."

"예, 박 포교님."

저마다 각오를 다지는 포쾌들을 확인한 의한이 돌아섰다.

"자- 가자."

육모방망이를 굳게 쥔 포쾌들을 달고 의한이 주막 안으로 조심스럽게 들어섰다.

콰장창!

흙벽으로 지은 주막의 곁방 벽을 손아귀 힘만으로 뜯어내는 상대의 용력에 잠시 주춤거렸던 의한과 포쾌들은 사람들의 시선을 의식하곤 이내 다시금 발을 움직였다.

"저기… 별장 나리, 저는 순군영에서 나온 박의한이란 포교입니다. 안 좋으신 일이 있다고 들었습니다만, 그만 기분 푸시고 귀가하시지요. 백성들이 곤혹스러워합니다요."

의한의 말에 난동을 부리던 곽진의 눈이 취한 사람 같지 않게 차갑게 번쩍였다.

하지만 그것을 미처 알아보지 못한 의한이 다시 정중히 청했다.

"그만 화를 푸시지요, 별장 나리."

의한의 거듭된 요청에 곽진은 짐짓 울화통이 터진다는 듯이 버럭 화를 냈다.

"이런, 내가 비록 이번 승차에서 떨어졌다고는 하나, 일개 포교가 이래라저래라 한단 말인가! 내가 그리도 우습게 보였단 말이냐! 네 이 노~옴!"

고함을 지르며 단숨에 달려온 곽진은 주위에 있던 포쾌들이 미처 어찌해 보기도 전에 의한의 멱살을 잡아 들더니 그대로 땅바닥에 거꾸로 처박아 버렸다.

 머리부터 바닥으로 떨어졌다는 것도 안 좋았지만, 의한의 몸이 거꾸로 메다꽂힌 바닥에 커다란 돌이 놓여 있다는 것이 더 큰 문제였다.

 퍼걱-

 섬뜩한 파육음과 함께 거꾸로 떨어진 의한의 머리가 터지며 단박에 피와 뇌수가 흥건히 흘러나왔다.

 놀란 포쾌들이 달려왔지만 이미 의한의 숨은 끊어진 뒤였다.

 그 모습에 분노한 포쾌들이 의한을 패대기친 곽진을 찾았지만 그는 언제 다가온 것인지 용호군의 감찰조 병졸들에게 휩싸여 이동하고 있었다.

 어찌나 바짝 에워싸고 이동하는지, 그것은 포박을 받았다기보다는 마치 다른 이들로부터 위해를 당하지 않도록 하기 위한 호위같이 보일 지경이었다.

 주막에서 벌어진 사건은 이내 목격자들의 입을 통해 강화 전역으로 삽시간에 퍼져 나갔다. 그리고 그것은 좌습유의 집 인근에서 탐문 수사랍시고 죽치고 앉아 시간을 때우고 있던 세영의 귀에까지 들려왔다.

"이만 들어가 보자."
"이곳은 어찌하시고요?"

비호대의 포정(捕頂)인 막쇠 아범의 물음에 세영이 고개를 저었다.

"시간 보내자고 버티는 일이었다. 중간에 돌아간다고 무슨 일이 생기진 않아. 그리고 순검이 당했다잖냐. 가서 확인해 봐야지."

세영의 말에 비호대의 포쾌들이 철수를 위해 자리를 정리했다.

그렇게 순군영으로 돌아온 세영을 기다리고 있던 것은 거적에 싸인 싸늘한 시신이었다.

하지만 그것이 누구인지 몰랐던 세영은 그 시신 주변을 둘러싸고 있던 포쾌들에게 물었다.

"누군데?"

질문을 받은 포쾌는 세영을 바라보며 차마 답을 하지 못했다.

"왜 답은 않고 그렇게 봐?"

의아하게 묻던 세영의 표정이 굳었다. 그리고 보니 시신을 둘러싼 포교와 포쾌들의 시선이 모조리 자신에게 향해 있었던 것이다.

문제는 그 시선에 들어 있는 의미였다. 그건 분명 애잔함,

걱정, 위로 같은 것들이었다.

"뭐, 뭐야. 왜, 왜들 그래?"

불안감을 느낀 세영의 음성이 잘게 떨려 나왔다. 그런 세영에게 잔뜩 굳은 표정의 최 포령이 다가왔다.

"시신을… 확인해 보게."

"내, 내가 왜요?"

"확인… 해 보게."

거듭된 최 포령의 말에 마지못해 시신의 곁으로 다가간 세영이 부들부들 떨리는 손으로 거적을 걷었다.

반쯤 드러난 시신의 얼굴을 바라보는 세영의 손이 멈춰섰다. 곧이어 다리가 풀리고 풀썩 주저앉은 세영이 힘없이 중얼거렸다.

"아, 아버지… 왜, 왜 여기에 누워 있어요?"

하지만 의한은 답이 없었다. 그런 아버지에게 세영이 다시 물었다.

"지금 장난하는 거죠? 다 짜고서 나 골탕 먹이려고… 그죠? 나, 나 충분히 겁먹었다고요. 그러니까 제발, 아버지, 제발 일어나 봐요!"

간절함이 배여 있는 세영의 음성에도 의한은 미동조차 없었다.

그런 의한의 이마 위로 세영의 눈물이 떨어졌다.

눈물로 씻겨 나간 머리에 길게 터진 상처를 보는 순간 세영의 시야가 아득해졌다.

"박 대주, 박 대주!"

의식을 잃고 혼절한 세영을 부둥켜안고 흔드는 최 포령의 애처로운 음성이 순군영을 가득 채웠다.

❀ ❀ ❀

세영은 멍하니 포반 마루에 앉아 있었다.

자신의 집무실이 있는 비호대의 전각이 아니라 의한이 머물렀던 포반에…….

의한의 장례는 순군영의 관례에 따라 엄숙히 치러졌다.

그렇게 장례가 치러지는 동안에도, 또 장례가 끝나고 사흘이 지난 지금에도 세영은 마치 넋이 나간 사람처럼 포반 마루에 앉아 있을 뿐이었다.

"저대로 두어도 되겠습니까?"

최 포령의 걱정스런 음성에 순검도령인 김솔이 고개를 저었다.

"십육 년 만에 해후한 부자였어. 만난 지 한 달도 채 되지 않아서 아비를 잃었으니 충격이 크겠지. 잠시 저리 두게."

김솔의 말에 고개를 끄덕인 최 포령이 이번엔 다른 것을 물었다.

"한데, 정녕 이대로 계실 생각이십니까?"

"무얼 말인가?"

"사고를 친 곽진이란 별장 말입니다. 듣자 하니 근신 처분만 받았다면서요."

최 포령의 말에 김솔은 헛기침만 했다.

"험, 허험."

"무언가 항의라도 해야 하는 것이 아닙니까?"

최 포령의 물음에 김솔이 힘없이 되물었다.

"하지 않았을 거라 생각하는가?"

"하셨는데도 변화가 없단 말입니까?"

분노 어린 최 포령의 물음에 김솔이 고개를 저었다.

"술김에 저지른 실수니 그 정도면 충분하다더군."

"그 말도 안 되는 소리에 아무 말씀도 하지 않으셨단 말입니까?"

분노를 드러내는 최 포령에게 김솔이 힘없이 물었다.

"내 새끼가 죽었네. 그냥 그러셔요, 그랬을 것 같나?"

"하오면……?"

"마구 짖어 댔더니 계속 소란 떨면 순군영을 아주 해체시켜 버리겠다고 하더군."

"누, 누가 그따위로 말을 한답니까?"

"누군 누구겠나? 용호군의 미친개지."

"용호군의 미친개면… 이령 상장군말입니까?"

"그래."

"하면 집정께 직접 청을 넣어 보지 그러셨습니까?"
"괜한 분란 일으키지 말고 돌아가라시더군."
"누가… 설마 집정께서?"
놀라서 묻는 최 포령에게 김솔이 답했다.
"두 치 건너인 순군영보다는 자기 새끼인 용호군이 더 중하다는 뜻이겠지."
"이런 빌어먹을!"
분통을 터트리는 최 포령의 귀로 싸늘한 음성이 들려온 것은 바로 그때였다.
"범인… 안 죽었단 말입니까?"
놀라 시선을 돌리니 언제 다가선 것인지 세영이 두 사람을 바라보고 서 있었다.
"바, 박 대주!"
"살인엔 사형으로. 그게… 법 아닙니까?"
"그, 그게 말일세……."
뭐라 설명을 해야 할지 몰라서 뒷말을 흐리는 최 포령을 바라보는 세영의 눈에 귀화가 일었다.
그것을 본 최 포령과 김솔이 자신도 모르게 뒷걸음질 칠 정도로 귀화는 사나운 기세를 담고 있었다.
그렇게 흠칫 물러선 두 사람을 지나쳐 세영이 나가자 잠시 멍하니 서 있던 김솔이 황급히 포반에 모여 있던 포쾌와 정용들에게 명을 내렸다.

"자, 잡아라! 박 대주를 잡아!"

갑자기 왜 세영을 잡으라는지 몰라 어리둥절해하는 그들에게 김솔이 소리쳤다.

"저리 두면 어디로 가겠냔 말이다! 저러다⋯ 자칫 박 대주까지도 변을 당한다. 서둘러 잡으란 말이다!"

그제야 김솔의 말뜻을 알아들은 포쾌와 정용들이 우르르 몰려 나갔다.

그 뒤를 김솔과 최 포령도 황급히 따랐다.

제9장
피를 보다

 순군영을 나선 세영은 그길로 섬보를 펼쳐 용호군이 주둔하고 있는 해안가로 달려왔다.
 그런 그를 막아선 것은 군영 초입에 지어진 초소였다.
 순검의 복장을 한 세영을 훑어본 초병이 물었다.
"무슨 일이오?"
"곽진이라는 별장을 만나러 왔으니 통보해라."
 세영의 강압적인 태도에 당연히 초병들은 반발했고, 거친 반응이 터져 나왔다.
 하지만 화가 오를 대로 오른 세영은 그런 초병들의 반응을 받아 줄 여유가 없었다.
 곧바로 싸움이 벌어졌고, 그는 앞을 가로막은 초병들을

단숨에 무너트려 버렸다.

 군영에 와서 난동을 부렸으니 일시에 주변으로 병사들이 몰려드는 것은 인지상정이다. 그 광경을 본 장수 한 명이 달려왔다.

"나는 용호군의 참장인 송유문이라한다. 관복으로 보아 순검인 듯싶은데, 감히 이곳이 어디라고 와서 행패이더냐?"

준엄한 꾸짖음에 세영이 그를 바라보았다.

"나는 순군영의 포교인 박세영이다. 사사로이는 내 아버지이고, 공적으로는 순군영의 포교를 죽인 곽진이라는 자를 잡아 참형에 처하기 위해 왔다."

 참장은 용호군의 최고 지휘관인 사령의 바로 아래다. 겨우 말단 무관직을 가진 세영으로서는 까마득한 상관이었지만, 그런 것을 따질 정신이 없는 그는 막무가내였다.

 그런 세영의 말투에 송유문은 당장 인상을 찌푸렸다.

 하지만 상대가 거론한 자가 망나니 같은 곽진이라는 놈이었다는 것이 문제였다.

 송유문도 며칠 전에 인사 처리에 불만을 품은 곽진이 관내 주막에 나가 난동을 부리다 그것을 제지하기 위해 출동한 포교를 죽인 일이 있다는 것을 들어 알고 있었다.

 물론 그에 대한 처벌도.

 하니 순군영의 포교가 분노에 겨워 용호군으로 달려와 강짜를 부리는 것도 이해할 수 있는 일이었다.

더구나 달려온 포교의 말대로라면 죽은 이가 아비라 하지 않는가. 그 슬픔을 참작하여 송유문은 최대한 좋게 말을 건넸다.

"네 아비의 일은 안 되었다만, 그렇다고 군영에 와서 소란을 피우면 되겠느냐! 더구나 군영의 경비를 맡은 군졸마저 상하게 한 것은 목숨을 끊어 놓을 중죄이니라. 하나, 내 네 사정을 감안하여 이번만 특별히 보내 줄 터이니 어서 돌아가라."

송유문으로서는 대단한 선심을 쓴 것이었다.

하지만 세영에겐 소용없는 변명으로밖에 들리지 않았다.

"군영에 와서 소란을 떨고 군졸을 상하게 한 것은 죽을죄인데, 나랏일 중이었던 포교를 죽인 것은 그저 근신을 받을 죄란 말이더냐?"

세영의 고함에 송유문도 대꾸할 말이 없었다.

실제 제대로 처벌이 이루어졌다면 곽진은 목이 잘려 효수되어야 마땅했다. 다만 어떤 이유에서인지 그것이 근신으로 끝난 것이다.

모르긴 몰라도 치죄를 두려워한 곽진이 높은 곳에 손을 쓴 모양이지만, 그렇다고 그렇게 말을 전할 수도 없는 노릇이라 송유문도 답답한 마음에 마주 고함을 질렀다.

"그럼 어찌하자는 것이냐? 네놈이 용호군과 전쟁이라도 하려느냐, 아니면 별장 곽진과 생사투라도 하려느냐?"

생사투. 이미 왕명에 의해 금지된 무장들의 결투 방식이었다.

하지만 무신들이 정권을 잡은 이후, 이권이나 권력 다툼에 간혹 이용되는 방법이기도 했다. 단속해야 할 웃전들이 그러니 아래에서도 다시 성행했다.

작금에 이르러선 돈을 걸고 생사투가 벌어지는 예까지 생겨났다.

하나, 그것을 금해야 할 고위 무신들이 오히려 뒤에서 돈을 걸고 놀이처럼 즐기는 지경에까지 이르고 있었다.

불지불식간에 튀어나온 송유문의 말에 세영은 옳다구나 하며 말을 받았다.

"좋구나, 생사투. 그래, 내 곽진이라는 그 후레아들 놈의 새끼에게 생사투를 청할 것이다. 어서 그 개새끼를 데려와라!"

세영의 욕설 섞인 고함으로 인해 절차를 따져 생사투를 요청할 필요도 없어져 버렸다.

술렁이는 병영을 이상히 생각한 곽진이 자신의 막사에서 나와 병사들이 모인 곳으로 다가오다 자신을 향한 세영의 욕설을 들었던 것이다.

원래대로라면 켕기는 것이 있었기 때문에 피해야 했지

만 그 지랄 맞은 성격이 곽진을 세영의 앞으로 끌어다 놓았다.

"이런 생쥐 같은 새끼가 어디에서 감히 생사투를! 네놈은 생사투란 말도 아깝다!"

곽진은 나서자마자 고함을 지르며 세영에게 주먹을 날렸다. 칠척장신에서 뿜어져 나오는 어마어마한 힘과 기세가 일순간에 몰아쳤다.

하지만 그는 상대를 잘못 택했다. 거기다 얕잡아 보는 우까지 범했다.

상대의 주먹을 가볍게 흘려 낸 세영의 신형이 정보를 밟고 유려하게 가슴 안쪽으로 파고들었다. 그리고 올려 쳐진 주먹 한 방.

쾅-

도저히 사람의 육장과 턱이 만나서 일어난 소리라고 믿기 어려운 음향이 터져 나왔다.

그 가벼운 한 방에 저만치 나가떨어지는 곽진의 모습에 송유문은 매우 놀랐다.

그도 그럴 것이 곽진은 더러운 성정에도 불구하고 상당히 뛰어난 무력을 가진 장수였던 것이다.

오죽하면 암암리에 벌어지는 생사투에 나가 단 한 번도 져 본 적이 없는 이가 바로 그였기 때문이다.

그런 곽진을 단번에 날려 버리는 세영의 무위는 충격적

인 것이었다.

 나가떨어졌던 곽진도 놀라긴 마찬가지였다. 여태 다른 이의 공격에서 이렇게 쓰러져 본 적이 없던 곽진은 이내 이성을 잃었다.

 퉁기듯 일어난 곽진은 곁에 있던 병사의 칼을 빼앗아 들고 무서운 기세로 세영에게 달려들었다.

 하지만 곽진은 여전히 상대를 얕잡아 보고 있었다. 그것이 곽진의 운명을 결정지었다.

 정보로 가볍게 곽진의 칼이 그리는 궤도에서 벗어난 세영의 어깨가 활짝 열린 곽진의 가슴을 들이받았다.

 "컥!"

 밭은 비명과 함께 덜컥 멈춰진 곽진의 신형을 잡아챈 세영의 주먹이 전광석화처럼 쏟아졌다.

 허공에 멈춰 선 인형에 주먹질을 하듯 곽진은 그 모든 공격을 고스란히 허용했다.

 문제는 마지막 주먹질에 주변에 흐르는 자연지기가 팽팽하게 담겨 있었다는 것이다.

 쾅-!

 섬뜩한 폭음과 함께 튕겨 나간 곽진의 가슴은 깊게 함몰되어 있었다.

 놀란 병사 몇이 다가가 상태를 살펴보더니 고개를 저었다. 그대로 절명해 버린 것이다.

그 갑작스런 상황에 놀란 송유문의 입에서 명령이 떨어졌다.

"노, 놈을 포박하라!"

송유문의 명령에 용호군의 병사들이 창을 세우자 이미 도착하여 곽진과 세영의 싸움을 지켜보았던 김솔을 비롯한 순군영의 순검들이 일시에 세영의 주위를 에워쌌다.

"지금 뭐하자는 겐가!"

그 모습에 불같이 분노하는 송유문에게 김솔이 고개를 숙여 보였다.

"순군영 소속의 순검이니 순군영으로 압송하여 추후 처결을 기다리겠습니다."

"감히 허락할 것이라 생각하는가?"

"곽진 별장이 살인을 저질렀을 때 용호군의 감찰조 병사들이 그의 신병을 인수해 갔던 것으로 압니다. 그와 같은 처결이라 생각합니다만."

김솔의 말에 송유문은 일순 말문이 막히는 것을 느꼈다. 그런 상대의 모습에 김솔이 재빨리 움직였다.

"압송하라."

그의 명에 세영을 에워싼 순검들이 빠르게 용호군의 군영을 빠져나갔다. 그 모습은 결코 압송이 아니었다.

하지만 자신들이 저지른 행동이 있기 때문에 송유문은 그것을 그냥 보고 있어야만 했다.

피를 보다

❈   ❈   ❈

 다음 날, 용호군의 군영에서 있었던 일은 강화 전역에 파다하게 소문이 났다.

 미처 그 장면을 보지 못했던 순검들은 저마다 속이 다 후련하다고 떠들어 댔지만 곧이어 들이닥칠 치죄에 대한 두려움으로 세영을 바라보는 시선에 걱정을 담을 수밖에 없었다.

 그것은 순검도령인 김솔도 다르지 않았다.

"어찌… 줄을 대 보아야 하지 않겠습니까?"

 최 포령의 걱정에 김솔이 고개를 끄덕였다.

"그렇지 않아도 위위경과 약속을 잡아 놓았네."

"그가 도와주겠습니까?"

"박 대주와는 인연이 있는 듯싶었으니, 기대를 해 봐야겠지."

 김솔의 말대로 그날 저녁, 그는 위위경인 이척을 만났다.

"박 포교의 일로 온 모양이구려."

"예, 대장군. 도와주십시오."

 고개를 숙이는 김솔에게 이척은 자신 없는 음성으로 말했다.

"나도 그를 위해 움직이고 있는 중이라오. 하지만 윗분들의 분노가 워낙 커서……."

 같은 살인 사건이라 해도 한쪽은 힘없는 순군영의 포교고, 다른 한쪽은 무신 집정의 권력을 떠받치는 용호군의 장수였다. 처해진 상황만으로도 이미 결과는 나온 것과 진배없었다.

 더구나 세영의 구명에 나섰다가 최고위층의 막대한 압력에 직면한 이척은 이번에 벌어진 일련의 사건들 속에 드러나지 않은 암류가 흐르고 있다는 것을 눈치채게 되었다.

 하지만 그걸 겨우 순검도령에 불과한 김솔에게 드러낼 수도 없었다.

 결국 큰 도움을 줄 수 없을 것 같다며 미안해하는 이척의 답만 들은 김솔은 힘없이 처진 어깨로 순군영으로 돌아가야 했다.

 순군영의 여러 사람들이 노력을 기울이는 가운데에서도 사태는 세영에게 불리하게만 진행되었다.

 이대로라면 며칠 안에 세영의 침형이 결정 날것이 분명해 보였다.

 그런 상황에서 세영을 향한 구명은 엉뚱한 곳에서 나왔다.

 고려정벌군의 대만인장에서 고려 다루가치들의 총령으

로 자리를 옮긴 바루에트는 고려와 몽고 간에 맺은 화친 조약의 일부 내용을 조정하기 위해 강화 행궁으로 들어와 있었다.

"그래, 알아보았느냐?"

객관으로 들어서기 무섭게 묻는 바루에트에게 부장이 답했다.

"예, 대만인장. 찾아냈습니다."

"그래, 어디에 있다더냐? 여전히 충주에 있다더냐?"

"아닙니다. 그는 이곳, 강화에 있다 하옵니다."

"강화에!"

"예, 대만인장."

부장의 답에 바루에트가 자리에서 일어섰다.

"그럼 가 보자꾸나. 내 그를 이런 평화로운 자리에서 꼭 만나 보고 싶었음이다."

금방 찾아갈 듯 움직이는 바루에트를 부장이 잡았다.

"저기……."

"어여 앞장서지 않고 왜 그러고 있는 게야?"

"그게… 현재 죄를 지어 뇌옥에 수감되어 있다 합니다."

"죄를 지어? 그가?"

"예, 대만인장."

"도대체 무슨 죄를 지었기에 그만한 자를 뇌옥에 가두었다는 말이더냐?"

"살… 인 죄라 하옵니다."
"살인?"
"예, 대만인장."
 부장의 답에 자리에 다시 앉은 바루에트가 조용한 음성으로 명했다.
"좀 더 상세히 알아오너라. 무슨 이유로 누굴 죽였는지, 그리고 고려 조정이 그를 어찌 대하는지도."
"알겠습니다, 대만인장."
 명을 받고 돌아 나가는 부장의 뒷모습을 바라보는 바루에트의 얼굴은 의아함으로 가득 차 있었다.
 전장에서 벌어진 일기토에서조차 다 잡은 적장을 살려 보낸 적도 있는 사람이었다. 그런 그가 평시에, 더구나 자국인을 상대로 살인을 저질렀다는 것이 좀처럼 이해가 가지 않았던 것이다.

 부장이 돌아온 것은 두 시진가량이 흐른 뒤였다.
"장수를 죽였다고?"
"예. 한데, 죽은 장수가 그의 아비를 죽였답니다."
"그럼 복수가 아닌가?"
"그렇습니다."
"그게 무슨 문제가 된단 말인가?"
 몽고인의 의식으론 좀처럼 이해할 수 없는 일이었다. 그런 바루에트에게 부장이 설명을 덧붙였다.

"죽은 장수가 고위 인사의 수하였던 모양입니다."

그제야 대강의 사정을 이해한 바루에트가 물었다.

"하면 그의 뒤를 봐주는 사람이 시원치 않단 말이로군."

"시원치 않다기보다는 없다고 봐야 할 듯합니다."

"없다니? 그만한 장수를 거둔 고위 인사가 없단 말인가?"

"그게… 지금 그의 직책이 포교랍니다."

"포교? 범죄자 잡으러 다니는 그 포교?"

"예, 대만인장."

부장의 답에 바루에트는 어이가 없었다.

소 잡는 칼을 가져다가 나무 인형이나 깎고 있었다는 생각 때문이었다.

"고려의 고관들이 사람을 볼 줄 모르는구나."

"그런 듯합니다."

"해서 어찌한다더냐?"

"조만간 그를 처형할 것이라 합니다."

"미친 것들이로다. 그만한 인사를 어찌… 더구나 복수라면 정당한 일이 아닌가. 혹 그의 아비가 죄를 지었다더냐?"

"공무 수행 중에 죽었답니다."

"뭐야! 그럼 그의 손에 죽었다는 장수가 공무 수행 중인 관인을 죽였단 말이더냐?"

"예, 대만인장."

"허허, 이런 어이없는 인사들을 보았는가······. 너는 속히 가서 내가 고려의 무신 집정을 만나 보잔다고 전하여라."

"고려의 무신 집정을 말씀이옵니까?"

"그래. 고려의 모든 행정은 그에게서 시작된다 들었다. 하니 그를 내가 직접 만나 봐야겠다."

"예, 대만인장."

복명한 부장이 나가자 바루에트는 어찌 그를 구해 낼지 고심하기 시작했다.

※ ※ ※

다음 날, 도방에 설치된 무신 집정의 집무실에서 마주 앉은 바루에트에게 김준이 물었다.

"날 보자 했다고 들었소만."

"그렇소이다."

"무슨 연유인지······? 조약의 세부 사항에 대한 조정은 모레부터 중서문하성의 관리들과 하기로 되어 있는 것으로 아오만."

"그 전에 우리 몽고의 대칸께서 내리신 밀명이 있어 그것을 전하고자 보자 하였소이다."

"귀국 황제의 밀명······?"

"그렇소."

바루에트의 답에 또 무슨 핑계로 물자를 요구할지 걱정이 되었던 김준이 긴장된 표정으로 물었다.

"그게… 무엇이오?"

"사람을 하나 내어 주시오."

"사람… 누굴 말씀이오?"

묻는 김준은 불안했다. 강화를 위해 태자까지 인질로 내준 고려였다. 다시 누굴 내놓으라고 할지 겁부터 났던 것이다.

그런 김준에게 바루에트가 말했다.

"고려바톨이오."

"고려… 바톨?"

"그렇소."

"그가 누구요?"

생소한 호칭에 고개를 갸웃거리는 김준에게 바루에트가 답했다.

"충주 산성에서 우리 대몽고군에게 뼈아픈 패배를 안긴 사람이외다."

"혹시… 김윤후 장군을 말하는 게요?"

김윤후의 이름을 대며 김준은 눈을 반짝였다. 국왕의 최대지지 세력인 그를 제거할 좋은 명분이라 생각했던 것이다.

하지만 바루에트는 다른 이의 이름을 거론했다.

"아니오. 그의 이름은 박세영. 귀국의 뛰어난 장수요."
"박세영······."
되뇌어 보았지만 좀처럼 떠오르는 기억이 없었다.
"그가 뛰어난 장수란 말이오?"
"충주 산성의 승리는 거의 그의 활약 덕이었소. 혹… 그것도 몰랐던 게요?"
바루에트의 음성엔 비난이 깔려 있었다. 그런 상황에서 모른다는 말은 할 수 없었다.
"그, 그건 아니오만."
"그럼 그를 알고 있다는 소리구려?"
"그, 그렇소."
"하면 그를 내주시구려."
바루에트의 요구는 애초부터 거부할 수 없는 것이었다. 몽고 황제의 밀명이라는 말 때문이었다.
"일단… 내 더 알아보고 내일 다시 이야기를 나눕시다."
김준이 시간을 끄는 이유가 불안했던 바루에트는 자리에서 일어서며 사족을 달았다.
"좋을 대로. 하지만 그의 신변에 이상이 생긴다면 대칸께서는 결코 고려를 용서치 않을 것이오."
"아, 알았소이다."
당황하는 김준을 두고 바루에트는 무신 집정의 집무실을 나섰다.

그런 그를 다시 객관으로 안내하던 부장이 물었다.

"왜 그런 무리수를 두시면서까지 그를 구명하려 하시는 것입니까?"

대칸의 밀명? 그런 건 없었다.

이번 방문은 그저 몇 가지 화친 조항에 대한 조정만 거치면 되는 것이었으니까.

그걸 알고 있는 부장의 물음에 바루에트가 미소를 지었다.

"그는 전사였다. 내가 본 어떤 전사보다 강하고 무서운. 그런 전사가 가치를 모르는 것들의 손에 휘둘리는 것을 보기 싫었다."

바루에트의 말에 부장은 아무 말도 하지 않았다.

평소에도 뛰어난 전사에게 무조건적이다 싶은 호의를 베푸는 그의 성정을 잘 알고 있었기 때문이다.

물론 그런 성품 덕에 여진 출신인, 그것도 한때는 적이었던 자신도 바루에트의 곁에 머물고 있는 것이었으니까.

❈ ❈ ❈

바루에트와 헤어진 김준은 즉시 박세영이란 장수를 수소문했다.

그리고 그렇게 조사된 보고서를 받아 든 그는 당황감을

감출 수가 없었다.

"그가 충주 산성에서 김윤후의 수하로 있던 박세영이라고?"

"예, 집정."

"이런 낭패가……."

"서둘러 목을 베올까요?"

부장의 물음에 김준이 고개를 저었다.

"아서라. 화친이 다 된 마당에 괜한 분란만 만들 뿐이다."

"하오면 어찌하올지……?"

"몽고 황제의 밀명이라는데, 거부할 수는 없는 일이겠지."

"그럼 내주실 생각이십니까?"

"수가 없질 않느냐."

김준의 답에 잠시 무언가를 생각하던 부장이 조심스럽게 말했다.

"어쩔 수 없이 내주어야 한다면… 다신 돌아올 수 없다는 조건을 다십시오. 거기다 몽고의 관직을 맡지 못하도록 손도 써야 합니다."

"어째서?"

"몽고의 황제가 찾는 인사입니다. 거기에다 고려바톨이라며 몽고 병사들에게 칭송되던 장수입니다. 자칫 몽고의 고관이 되어 돌아오기라도 하면……."

피를 보다 • 221

비로소 부장이 걱정하는 것이 무엇인지 알아차린 김준이 심각한 표정을 지었다.
"몽고가 받아들이겠느냐?"
"내주지 않는 것도 아닌데, 거부하긴 어려울 것입니다."
"그래야 할 텐데."
"제가 사신단의 실무자들과 먼저 접촉해서 우리 조건의 수용 여부를 타진해 볼까요?"
"가능하겠나?"
"적당한 뇌물과 함께 진행한다면 실무자들을 구워삶을 수 있을 것입니다."
　약탈 습성 때문인지 유난히 물욕이 강한 몽고 놈들이었다. 부장의 말대로 실무자들은 충분히 흔들 수 있을 듯도 싶었다.
"움직여 보게."
"예, 집정."
　곧바로 움직인 김준의 부장과 사신단의 실무자들 사이에서 은밀한 거래가 이루어졌고, 바루에트는 고려바톨을 데려가려면 고려의 조건을 받아들이는 것밖에는 방법이 없다는 조언을 몽고 사신단의 실무자들에게서 받았다.

제10장
복수의 대가

김솔과 마주앉은 세영은 놀란 표정을 감추지 못했다.
"몽고로 가라고요?"
"그러하네. 조정에서 명이 내려왔어. 자네는 고려 순군영에서 몽고 황제의 요청으로 파견되는 포교일세. 물론 동행하는 다른 순검은 없고, 자네만 파견되는 것일세. 일단 자네의 파견을 요청한 몽고의 사신에게 가면 그가 다음 행선지에 대해서는 알려 줄 것이라더군. 그는 지금 강화도에 와 있으니 접빈관으로 가 보면 만날 수 있을 것이라 하네. 그나마 이렇게라도 무사히 떠나게 되었으니 그것으로 마음의 위안을 삼았으면 하네."

김솔의 말에 세영은 그저 고개를 끄덕이며 물러 나올 수밖에 없었다.
 무언가 치죄가 있을 것이라 생각은 했지만, 이런 형태라고는 생각도 못해 보았다.
 최악의 경우 도망쳐 사부와 지내던 거처로 숨어들 생각까지 했었건만, 몽고로 간다는 것은 생각해 본 적도 없던 것이다.
 더구나 몽고 황제의 요청이라니, 이리되면 그저 자신의 몸 하나 피한다고 될 일이 아니게 되어 버렸다.
 긴 한숨과 함께 세영은 그길로 접빈관으로 향했다.
 접빈관에 도착한 세영은 곧바로 자신을 기다리고 있다는 몽고의 사신에게 안내되었다.
"다, 당신은!"
 바루에트와 마주한 세영은 크게 놀랐다.
 전장에서 직접 칼을 맞댄 적도 있는 사람이 눈앞에 앉아 있었기 때문이었다.
 우스운 건 그를 마주한 기분이었다.
 평화로운 상태에서 바루에트를 바라보는 세영의 마음에 가장 먼저 떠오른 것은 반가움이었다.
 그것은 전장에서의 타오르던 증오와 적의를 무색케 하는 경험이었다.
"고려바톨이 일개 포교가 되어 있다는 소식에 내 굉장히 놀랐었소."

전쟁이 이리 허무하게 끝날 것도 모르고 마지막 6달 동안 충주 산성에서 악착같이 다져 놓았던 몽고어 실력이 헛된 짓만은 아니었던 모양이다. 상대의 몽고어가 자연스럽게 들려오는 것을 보면…….

바루에트의 말에 자신의 놀람을 추스른 세영이 답했다.

"난 장군을 이런 자리에서, 이렇게 만날 수 있다는 것이 더 놀랍습니다."

"세상일이 그래서 재미있는 게 아니겠소. 그나저나 이렇게 만나니 반갑소이다."

자신을 거의 죽일 뻔했던 적장에게 스스럼없이 반갑다 말하는 바루에트에게 세영이 미소를 지어 보였다.

"그렇군요. 피가 없는 곳에서 뵈니 좋습니다."

"하하하, 그러게 말이외다. 그나저나 이게 전장이었다면 내 목이 온전치 않았겠지요. 하하하! 자자, 어서 앉으시구려."

농을 건네며 웃는 자신의 권유에 자리에 앉는 세영에게 바루에트가 말을 이었다.

"말은 들으셨소?"

"예, 몽고로 파견된다더군요. 듣기로 장군께서 요청했다던데… 도대체 무슨 생각이신 건지 잘 모르겠습니다."

세영의 물음에 바루에트가 답했다.

"여러 가지 이유가 있겠지만 우선 그대를 살리고 싶었

소. 또한 그대의 능력을 몽고에서 펼쳐 보란 뜻도 있었고 말이오."

그는 원래 세영을 자신의 부장으로 삼아 몽고로 데려갈 생각이었다.

하지만 그 계획은 그를 몽고의 관리에 앉힐 수 없다는 고려의 조건에 부딪쳤다.

결국 고려와 사신단의 협의에 의해 고려의 순군영이 포교의 신분으로 세영을 몽고로 파견한다는 것으로 절충을 보았던 것이다.

"포교… 로서 말입니까?"

"나쁜 일은 아니지 않겠소이까? 요즘 몽고도 정신이 없어요. 한족이 차지하고 있던 중원의 일부를 점령했지만, 치안은 엉망이요. 그래서 노련하고 강력한 포교가 필요했던 것도 사실이고. 뭐, 고려바톨이면 포교로는 차고 넘치는 자격이 아니겠소."

"절 너무 크게 보시는 듯합니다만."

"이만의 전사를 무너트리고 수십에 달하는 장수의 목을 벤 이를 크게 보지 않으면 누굴 크게 보겠소."

거듭된 바루에트의 칭찬에 세영은 곤혹스런 표정이었다. 그런 세영에게 바루에트가 말했다.

"이유야 어찌 되었든 나와 함께하게 되었으니 반갑소. 내 그대를 중히 쓸 터이니 잘 도와주시구려."

바루에트의 말에 세영은 조용히 고개를 숙여 보일 수밖에 없었다.

세영이 바루에트를 만난 며칠 후, 그의 몽고행은 그대로 집행되었다.

몽고의 명을 받아 그들의 수도인 카라코룸으로 돌아가는 바루에트를 따라 세영도 고려를 떠나야 했던 것이다.

그렇게 세영이 다시 강화를 떠나게 된 것은 그가 강화로 돌아온 지 단 2달 만의 일이었다.

❀ ❀ ❀

세영이 바루에트를 따라 몽고 제국의 수도인 카라코룸으로 향하는 동안, 고려에선 고종이 붕어하고 원에 입조하였던 태자 식이 왕위를 잇기 위해 귀국했다.

그런 갑작스런 일로 고려에 파견된 몽고 다루가치들의 총령의 입장이었던 바루에트는 귀국을 미루고 그의 군영이 차려진 고려의 서북면에 머물렀다.

그런 상황에서 몽고 본국에서마저 분란이 생겼다.

몽고 제국의 대칸이었던 몽케칸이 남송 정벌을 나섰다가 사천에서 급작스럽게 병사했던 것이다.

그로 인해 몽고는 수도에서는 카라코룸을 지키고 있던 아

복수의 대가 • 229

리크부카와 몽케칸을 도와 남송 정벌에 나섰던 쿠빌라이 간에 대칸의 자리를 놓고 내전이 발발했다.

내전의 당사자인 두 사람은 휘하의 장수들과 병력을 총동원했다.

고려에 파견된 몽고 다루가치들의 총령이었던 바루에트도 몽케칸의 충복이었던 그의 형을 따라 쿠빌라이의 휘하로 들어갔다.

내전이 격화된 탓에 바루에트는 고려의 서북면에서 곧바로 자신의 병력을 이끌고 카라코룸으로 향했고, 세영은 바루에트의 일부 부장들과 함께 쿠빌라이가 도읍으로 삼은 개평(開平)으로 이동하게 되었다.

쿠빌라이까지 친정에 나선 탓에 대부분의 고위 인사가 자리를 비운 개평의 몽고 관리들은 난데없이 떠안게 된 세영에 대해 원론적인 선에서 대처했다.

하남성 개봉부 좌포청의 포령은 자신의 손에 들린 임명교서를 잔뜩 찌푸린 표정으로 내려다보고 있었다.

"고려인이라고?"

"예."

"바루에트 대만인장의 추천으로 파견되었다라……. 무슨 사이인가?"

굳이 답하라면 적이었던 사이였다.

하지만 잔뜩 인상을 쓰고 앉아 있는 몽고 관리에게 그리 답할 수는 없었다.

"잘… 아는 사이입니다."

"잘 아는 사이라……."

경계가 모호한 답이었다. 잘 안다는 것이 얼마만큼인지 절대적인 기준이 없기 때문이다.

하지만 무슨 생각인지 포령은 더 이상 그에 대해 캐묻지 않았다.

"일단 배경이 어떻든 포교로 온 이상 그 이상의 대우는 생각하지 않았으면 좋겠네만."

"물론입니다."

순순한 세영의 답에 포령이 의자에 등을 기대며 말했다.

"우리 좌포청은 일반인을 상대로 한 임무를 수행하는 곳은 아닐세."

"하오면……?"

"이른바 무림인이라 불리는 이들과 남송에 협조하는 잔당들이 우리들의 상대지."

포령의 답에 세영은 남모르게 한숨을 내쉬었다.

고려에서도 비호대를 맡더니 몽고에 와서도 일반적인 임무는 맡지 못했다. 아무래도 편안한 일과는 연이 없는 모양이란 생각이 들었던 것이다.

"그렇군요."

묵묵히 고개를 끄덕이는 세영에게 포령이 말을 이었다.

"내 이름은 수부타이일세. 이곳으로 온 이유가 어떻든 배 속을 환영하네."

얼굴 전체로 귀찮음을 표현하는 수부타이의 말뿐인 환영엔 웃음조차 나오지 않았다. 그렇다고 답을 안 할 수도 없었다.

"감사합니다."

"잠시 기다리게."

세영을 기다리게 한 수부타이가 서탁 옆의 줄을 잡아당기자 하인이 들어왔다.

"가서 나 포두를 오라 해라."

"예, 대인."

하인이 답하고 나간 지 얼마 후, 약삭빠르게 생긴 사내가 들어섰다.

"찾으셨습니까, 대인?"

"신입일세."

수부타이의 말에 슬쩍 세영을 일별한 나 포두가 물었다.

"직급이……?"

"포교. 참! 고려인일세."

"고려인이요?"

나 포두의 눈에서 경멸의 빛을 발견한 수부타이가 경고를 던졌다.

"저 위쪽에서 내려보낸 사람이니 쓸데없는 생각은 하지도 말아. 괜히 어줍지 않은 짓을 벌였다간 나중에 치도곤을 당할 수도 있으니."

포령이 직접 경고할 정도의 고위직과 선이 닿아 있다는 것에 나 포두는 꽤나 놀란 표정이었다.

"아, 알겠습니다."

당황하는 나 포두의 표정에서 그가 제대로 알아들었다는 것을 확인한 수부타이가 말했다.

"데려가서 우리 임무에 대해 상세히 설명해 주고, 내일부터 임무에 투입하게."

"예, 포령."

"가 보게. 자네도."

턱짓을 하는 수부타이의 말에 세영은 포령의 집무실을 나서는 나 포두를 따라 나섰다.

자신의 집무실로 세영을 데려온 나 포두가 자신의 서탁에 앉으며 맞은편 의자를 가리켰다.

"앉게."

세영이 앉자 나 포두가 말을 이었다.

"이름이……?"

"박세영입니다."

"박세영… 박 포교라 부르면 되겠나?"

"예."

"난 나 포두라네. 앞으로 그리 부르면 될 걸세."

"알겠습니다."

세영의 답에 나 포두가 주섬주섬 서류들을 뒤지더니 지도 한 장을 꺼내 펼쳤다.

"일단 좌포청의 임무를 설명해 주겠네."

"그건 들었습니다. 무림인과 남송의 잔당에 관련된 일을 본다고요."

"포령께 들은 건가?"

"예."

"그럼 관할권에 대해서도 들었는가?"

"그건 듣지 못했습니다."

"그럼 그것부터 시작하지. 우선 지도를 보게."

나 포두의 말에 그가 방금 펼쳐 둔 지도로 시선을 돌렸다.

"여기 이곳이 우리 개봉부의 관할 지역인 하남성일세."

"크진 않군요."

피식-

나 포두의 입가에 그려진 미소는 분명 비웃음이었다.

"여기 이 작은 점이 우리가 있는 개봉부일세. 개봉부를 한 바퀴 도는 데만도 반나절이 걸리네. 하니, 하남성이 어느 정도의 넓이인지는 짐작할 수 있을 것이라 생각하네."

나 포두의 말에 세영의 얼굴이 붉어졌다. 자신의 짐작과는 너무 다른 넓이 때문이었다.

그것은 마치 강화의 순군영이 고려 전체를 맡는 것과 같았던 것이다.

"인원이… 많은가 봅니다."

"왜? 관할 지역이 넓어서?"

"예."

"바로 그게 우리 개봉부 좌포청의 문제지."

"무슨 말씀이신지……?"

"현재 우리 좌포청의 인원은 포령을 포함해서 서른여덟, 아니 자네가 새로 왔으니 서른아홉일세."

그 말에 세영의 얼굴에 믿기지 않는다는 표정이 떠올랐다.

"너무 적은가?"

"아… 닙니까?"

"아니긴, 적지. 적어도 너무 적지. 그래서 임무 지역이 개봉부로 한정되어 있네."

"그럼 나머지는 어찌……?"

"그거야 나중에 인원이 차면 생각해 볼 일이겠지."

다시 말해 방치란 소리였다. 저 넓은 땅의 치안을 방치해 둔다는 것이 어이가 없을 정도였다.

그 생각을 알아차렸던지 나 포두가 설명을 이었다.

"일반 백성들에 대한 치안은 각 부나 현의 포청이 담당하네. 단지 무림인과 남송 잔당에 대한 임무를 맡은 곳이 우리 개봉부 좌포청밖에 없다 뿐이지. 그런 일련의 관부 체계로 인해 개봉부 우포청도 개봉부에 사는 일반 백성들의 사건만을 담당하네."

비로소 나 포두의 말을 알아들은 세영이 고개를 끄덕이다 물었다.

"한데… 왜 개봉부에만 좌포청이 있는 겁니까?"

"어사판소(御史判所) 때문일세."

"어사판소요?"

"어사대(御史臺)… 어사대가 뭔지는 알지?"

"그게……"

어설픈 미소를 그리는 세영을 한심하게 바라보던 나 포두가 설명했다.

"몽고 전역의 치안과 감찰을 담당한 곳일세. 그런 연유로 각지에 설치된 포청은 현이나 부에 속한 것이 아니라 어사대의 관할일세. 다시 말해 우리의 상급 기관이 바로 어사대인 것이지."

"아……!"

비로소 알겠다는 표정의 세영을 못마땅한 표정으로 바라보던 나 포두가 말을 이었다.

"다시 본론으로 돌아와서. 어사판소는 간단하게 말해 반란 집단 등에 관한 재판을 맡은 어사대의 판관이 머무는 관청일세. 하남에선 개봉에 하나뿐이지."

"그래서 좌포청이 개봉부에만……."

"맞네."

"하면 무림인의 수는 얼마나 됩니까?"

"어디까지로 한정하냐는 것에 따라 다르지. 하남으로 보면 상당한 수가 존재하네. 하남성엔 오래되고 유명한 무림 방파가 꽤 많거든."

그러며 나 포두가 지도를 짚어 가며 설명을 이었다.

"일단 여기 숭산엔 태산북두라는 소림(少林)이 있고, 이곳 남소엔 철가방(鐵枷房)이 있으며, 여기 개봉엔 개방이 있지. 그뿐이면 말도 안 하겠네. 백도 문파들의 구심축이라는 백도맹이 바로 이곳 낙양에 자리를 하고 있네. 모두 그 휘하의 무리가 수천에 이르는 자들이지. 그보다 작은 소문파들은 이루 헤아릴 수가 없을 지경일세. 대략적으로 이곳 하남성에만 무장을 하고 무공을 연성하는 무림의 문파만 오십여 개가 넘는다고 알려져 있네."

그 방대한 수에 놀라며 세영이 물었다.

"그들이 모두 나라의 명을 듣지 않고 저들끼리 움직인다는 무림인이라는 말씀입니까?"

"글쎄, 뭐, 굳이 구분하자면 그런 셈이지. 하지만 그렇다고 크게 관과 마찰을 일으키진 않네. 이전 황조에서도 그랬지만 이들은 자신들만의 세계에서 저들끼리 살아가는 편이니까."

"그럼 문제를 전혀 일으키진 않는 겁니까?"

"그랬으면 좌포청이 왜 필요했겠나. 이전에도 간간이 백성들에게 피해를 입히기도 하고, 관과 사소한 충돌을 일으키기도 했네. 요사인 나라가 바뀌면서 어수선한 탓인지 이권을 두고 다투는 일이 많아지면서 일반 백성들이 날벼락을 맞는 경우도 늘어난 편일세. 하지만 현재의 좌포청 현실상 그들이 남송과 연계되지 않는 이상은 나서지 않는 상황일세. 물론 그들도 관과는 거리를 두는 터라 남송에 호응하는 자들은 많지 않은 실정이고."

"그럼 그들에게 양민들이 억울함을 당해도 그냥 둔다는 말입니까? 그게 국법이구요?"

세영의 말에 나 포두가 어깨를 으쓱였다.

"그건 아니지. 국법을 논하자면 그런 자들은 모두 잡아들이게 되어 있네. 물론 무기도 들고 다닐 수 없지. 길이가 일척을 넘어서는 무기는 모두 불법이니까."

그러나 이전 황조 때부터 아무도 지키지 않는 법이라는 말은 차마 할 수가 없었다.

그래도 나 포두 자신은 찬란한 문화를 자랑하는 중원인이었기에 저 고려의 오랑캐에게 그런 것 까지 시시콜콜하게 이야기하고 싶지는 않았던 것이다.

지금 몽고라는 초원의 오랑캐에게 밀린 것만도 충분히 수

치스러웠던 것이다.

배운 게 도둑질이라고 그의 직업이 원래 포두가 아니었다면, 그리고 다른 호구지책이 있었다면 결코 몽고의 관리로 일하고 싶진 않았다.

하지만 달리 돈을 벌 방법은 없고 먹여 살려야 할 식구는 주렁주렁 달린 이상 다른 수가 없었던 것이다.

"흠, 결국 모두 범법자라는 말이군요."

중얼거리는 세영을 바라보며 나 포두는 어이없는 표정을 지어 보였다.

제명대로 살고 싶은 이상 무림인을 모두 범법자라 몰아붙일 순 없었기 때문이다.

그렇다고 그 어이없는 말에 가타부타 말을 섞고 싶진 않았다.

"참, 숙식은 여기 좌포청에서 할 텐가?"

"예. 달리 의탁할 곳도 없으니 그리해야겠지요."

"흠, 그러면 포반의 뒷방이 비어 있으니 그곳을 쓰게. 나름내부 포두들이 피곤할 때 잠시 쓰던 방이라 깨끗하고 쓸 만할 것일세."

"예, 감사합니다."

세영의 인사에 나 포두는 직접 세영을 데리고 포반에 들러 대기하던 인원들과 간단한 인사를 시키고 곧바로 뒤편에 있던 방을 안내해 주었다.

방은 그리 크지 않았으나 혼자 기거하기엔 무리가 없어 보였다.

더구나 깨끗하게 관리가 된 방은 몇 가지 가재도구까지 갖추고 있어서 생활하기에 나쁘지 않아 보였다.

그렇게 몽고의 땅이 된 중원에서의 삶이 시작되었다.

제11장
개봉부(開封府)의 신임 포교

몽고의 치세하에 놓인 개봉부는 여전히 물산의 이동이 많고 경제적 활동이 활발한 곳이었다.

큰길마다 상점이 빼곡했고, 작은 길에도 좌판이 길게 늘어서 있었다.

단순히 사람들의 모습만으로는 북방 오랑캐라 여겼던 몽고에 점령당하 ㄴ시라고는 결코 믿을 수 없을 만큼 변화했다.

여전히 셀 수 없이 많은 사람들이 시전의 상점을 이용했고, 좌판의 물건을 골랐다.

그렇게 혼란하다 싶을 정도의 북적거림이 온 도시를 채우고 있었다.

그런 개봉의 좌판 골목 중 한 곳에서 작은 소동이 일어난 것은 해가 서편으로 기울어 갈 때쯤이었다.

와당탕탕!

좌판이 엎어지고 억센 장정들의 손에 좌판을 펼치고 앉아 있던 늙은 주인은 땅바닥에 패대기쳐졌다.

"어이쿠!"

"어이쿠? 이 영감탱이가, 아주 뼈마디 하나를 부러트려 줄까?"

큰 칼을 허리에 찬 사내의 사나운 고함에 비명을 지르던 노인은 얼른 자신의 손으로 입을 막았다.

그런 노인에게 사내가 차갑게 쏘아붙였다.

"돈을 빌렸으면 갚아야 할 거 아냐! 우린 땅을 파서 장사하는 줄 알아!"

"가, 갚아얍죠. 갚을 겁니다요."

"언제?"

"며, 며칠만 말미를 주시면……."

"이틀 전에 왔을 때도 같은 소리였잖아. 영감, 지금 나랑 장난해?"

"서, 설마 그, 그럴 리가요."

"그럼 갚을 거란 소리지?"

"그, 그러믄입쇼. 갚아얍죠."

연신 고개를 조아리는 노인을 내려다보는 사내의 입가에

음흉한 미소가 그려졌다.

"그럼 오늘 계산 끝내자고."

"오, 오늘은 돈이……."

"돈이 없으면 몸으로 때우는 거 아니겠어?"

"그, 그게 무슨 말씀……?"

노인의 물음이 끝나기도 전에 시전 한쪽에서 뾰족한 비명 소리가 들려왔다.

익숙한 음성에 놀란 노인의 시신이 그쪽으로 돌려졌다.

"여, 영아!"

"하, 할아버지!"

노인을 보고 달려가려는 소녀의 머리채를 그녀를 끌고 오던 사나운 인상의 사내가 잡아챘다.

"아악!"

고통에 비명을 지르는 손녀를 본 노인이 일어서려 하자 칼을 찬 사내가 노인의 허벅지를 밟아 일어날 수 없게 만들었다.

"으윽!"

고통스러워하는 노인에게 칼 찬 사내가 말했다.

"몸으로 때우란 소리… 못 들은 거야?"

"아, 안 됩니다! 손녀만은, 손녀만은 제발……."

"안 되는 게 세상에 어디 있어. 데려가!"

칼 찬 사내의 명에 영아라 불린 소녀의 머리채를 잡고 있던 사나운 인상의 사내가 그녀를 잡아끌었다.

그걸 본 노인이 칼 찬 사내의 다리를 잡고 매달렸지만 그는 귀찮은 듯 노인을 거칠게 걷어차 버렸다.

"커헉!"

짧은 비명을 지른 노인은 저만치 나가떨어져 제대로 일어서지 못했다.

그런 노인을 바라보며 사내가 가래침을 뱉었다.

"퉤- 재수 없는 영감탱이. 흙 묻은 손으로 어딜 잡고 지랄이야."

자신의 바지 자락에 묻은 흙을 털고 몸을 돌리던 칼 찬 사내가 어느새 구름같이 모여든 구경꾼을 발견하곤 사납게 소리쳤다.

"이것들이, 눈알들을 콱!"

그가 손가락으로 무언가를 후벼 파는 시늉을 하자 모여 있던 사람들이 황급히 흩어졌다.

그렇게 사람들이 흩어진 곳에 남은 이들을 발견한 칼 찬 사내는 약간 놀란 표정이었다.

하지만 그것도 금세 사라졌다.

"채무 관계 정리 차원이었으니 신경 끄쇼."

사내의 말에 새로 부임해 온 포교를 모시고 순시 차 나왔던 포쾌 기룡이 멋쩍은 표정으로 고개를 끄덕였다.

"아, 알겠네."

포쾌의 반응에 피식 웃어 보인 사내가 등을 돌리려는 순간이었다.

"어이!"

자신이 잘못 들은 것이거나 다른 이를 향한 부름일 것이라 생각한 사내가 발을 떼려 했다.

"거기 칼 찬 놈."

'놈!'

믿기지 않는 부름에 천천히 고개를 돌린 사내가 자기 자신을 손으로 가리켰다.

"누구… 설마 나?"

"그래, 너."

상대의 확인에 칼 찬 사내가 어이없는 표정으로 신형을 돌렸다.

"방금 '놈'이라고 한 거 맞나?"

금방이라도 달려들 것같이 사나운 기세를 풍기는 사내와 세영의 사이에 기름이 황급히 끼어들었다.

"자, 잠시민 기다려 주시오, 감 대협. 새로 오신 분이라 아직 사정을 잘 모르셔서 그런 거요. 하니 잠시만 짬을 주시구려."

기름의 말에 칼 찬 사내는 콧김을 푹 내쉬곤 팔짱을 끼었다. 무언의 긍정인 셈이다.

사내의 반응에 기름이 황급히 신임 포교에게 말했다.

"채무 독촉은 채권자의 권리입니다, 포교님."

안다. 고려인이든, 몽고인이든, 한족이든 채무자는 사람 대접을 받을 수 없다는 것을.

더구나 채권자가 채무자를 향해 살인을 저지르지 않는 이상, 그 관계에 관이 끼어들 여지가 없다는 것도.

"알아."

"하, 하온데, 왜?"

"저 칼."

"예?"

"칼 말이다."

세영의 말에 팔짱을 끼고 서 있는 사내가 찬 칼을 일별한 기륭이 물었다.

"칼은 어찌……?"

"저거 일 척(尺)이 넘지 않나?"

세영의 물음에 기륭의 눈에 당황이 떠올랐다.

"그, 그야……."

제대로 답하지 못했지만 그것이 부정이 아니라는 것을 확인한 신임 포교는 단호하게 명했다.

"하면 무기 소지법 위반이로군. 포박해!"

"포, 포교님!"

포박이란 말이 나왔을 때 슬그머니 팔짱을 푸는 사내를 흘깃 일별한 기륭이 다급히 말을 이었다.

"저자는 천강문(天强門)의 사람입니다. 포교님께선 새로 오셔서 모르시겠지만 이곳 개봉에선 천강문을 무시하고는 제대로 살아갈 수 없습니다."

"천강문?"

"개봉을 장악한 무림 방파입지요."

"제아무리 무림인이라 하나, 어찌 국법을 위반하고 무사하길 바란단 말이냐."

"왜 말씀을 못 알아들으십니까? 이곳에선 저들이 법이란 말입니다."

기륭의 말에 신임 포교의 눈썹이 곤두섰다.

"법은 관의 것이지 사사로이 붕당을 지은 자들의 것이 아니다."

"포, 포교님!"

고집불통인 신임 포교의 말에 발을 구르던 기륭은 뒷덜미가 서늘해지자 뒤를 돌아보았다.

그곳엔 팔짱을 완전히 푼 사내가 험악한 인상을 쓰고 있었다.

"가, 갑 대협······."

"사지 멀쩡히 돌아가고 싶으면 기 포쾌는 비켜서지."

사내의 겁박에 기륭은 놀란 강아지처럼 물러섰다. 방해자가 빠지자 사내가 천천히 다가오며 이죽거렸다.

"지금이라도 고개를 숙이고 사과하면 없던 일로 해 주마."

사내의 위협에 세영은 무표정한 얼굴로 말했다.

"무릎을 꿇고 조용히 포박을 받으면 매질은 면할 것이다."
"개소리로군. 개는 맞아야 말을 듣는 법이지."
세영의 말을 깡그리 무시한 사내가 칼을 빼 들었다.
물론 죽일 생각은 없었던지 세영 쪽으로 칼등을 향했지만 시퍼런 칼날만으로도 위협은 충분했다.
하지만 세영은 그 상황에서도 무덤덤했다. 아니, 오히려 칼의 길이를 재며 고개를 끄덕이기까지 했다.
"확실히 일 척은 넘는군. 죄인은 속히 포박을 받으라."
"개소리라고 했지!"
큰 소리를 지르며 성큼 다가선 사내의 칼질은 허공을 갈랐다. 물론 최선을 다한 공격이 아니었으니 충분히 빗나갈 수도 있었다.
하지만 문제는 다음 공격을 취하기 전에 턱밑으로 무언가가 치고 올라왔다는 것이었다.
쩌걱-
저만치 떨어져 보고 있던 기륭이 움찔거릴 정도의 타격음을 남긴 천강문의 사내는 속절없이 무너졌다.
영아라 불린 소녀를 끌고 가다 이쪽 상황을 지켜보던 험악한 인상의 사내는 동료가 어이없이 당하자 곧바로 공격해 들어왔다.
맨손이었지만 권법에 단련된 사내의 손은 그 어떤 흉기보다 더 위험해 보였다.

턱-

가볍게 한 손으로 험악한 인상의 사내가 내지른 주먹을 받아 낸 세영의 발이 기이한 각도로 솟구쳐 올라왔다.

퍼걱-

깨끗하게 사내의 턱을 돌려 버린 세영의 발이 내려가는 것보다 빠르게 험악한 인상의 사내가 무너져 내렸다.

볼썽사나운 모습으로 널브러진 두 사내를 일별한 세영이 경악 어린 시선으로 자신을 바라보고 서있는 기륭에게 명했다.

"포박해서 압송해."

"하, 하지만……."

"이번에도 머뭇거리면 네놈도 명령 불복종에 근무 태만으로 잡아넣을 것이다."

상대의 눈빛에서 진심을 읽은 기륭은 황급히 바닥에 널브러진 두 사내를 포승으로 묶기 시작했다.

상황이 그렇게 돌아가자 손녀를 부둥켜안은 노인이 연거푸 고개를 숙였다.

"감사합니다. 대인, 정말로 감사합니다."

노인의 인사에 세영은 심드렁히 대꾸했다.

"영감 때문이 아니야."

말은 그렇게 했지만 노인과 손녀는 포교의 눈 속에 든 걱정을 어렵지 않게 읽을 수 있었다.

그 탓에 두 노소는 정신을 잃은 천강문의 무사들을 둘러업고 돌아가는 포교의 등 뒤에 대고 연신 고개를 숙여 보였다.

❈   ❈   ❈

세영이 잡아 온 사내들을 본 나 포두는 놀라서 기절하기 직전이었다.

"가, 감 대협!"

여전히 정신을 차리지 못하는 사내를 보며 놀라는 나 포두에게 세영이 물었다.

"아는 사람입니까?"

"그야 당연하지. 천강문의 감무경 대협이 아닌가?"

"감무경……. 하면 이자가 이처럼 국법을 위반한 무장을 하고 돌아다닌다는 것도 알고 계셨단 말씀이십니까?"

물어 오는 세영의 음성이 낮고 차갑다는 것을 느낀 나 포두가 슬쩍 발을 뺐다.

"그, 그거야……."

뒷말을 흐린 나 포두는 세영과 함께 나갔던 포쾌 기릉을 바라보았다.

한데 자신의 시선을 받은 기릉이 황급히 고개를 젓는 것이 아닌가. 그 고갯짓이 뜻하는 바를 알아들은 나 포두가 얼른 말을 돌렸다.

"모, 몰랐지, 몰랐어. 아, 알면서도 그냥 있었을 리가 없질 않나."

"그… 랬습니까?"

"그, 그럼! 당연하지."

세영은 나 포두를 더 다그칠 생각이 없었던지 그의 발뺌을 그냥 받아들였다.

"그럴 것이라 믿겠습니다. 어이, 기륭."

"예!"

밖에서 무슨 일이 있었는지 개봉부 좌포청에서 최고 고참 포쾌인 기륭은 바짝 군기가 들어 있었다.

그런 그에게 세영의 명령이 떨어졌다.

"죄인들을 옥에 가두라."

"예, 포교님."

복명한 기륭의 눈짓에 주변의 포쾌들이 달려들어 여전히 정신을 차리지 못하는 두 천강문 무사들을 들어 옮겼다.

그것을 두 손 놓고 바라봐야만 하는 나 포두의 눈은 걱정과 불안으로 가득했다.

✽ ✽ ✽

천강문의 군사는 책상 가득 쌓인 서류를 정리하다 어이없는 보고를 받았다.

"뭐가 어떻게 됐다고?"

"재화당주(財貨黨主)가 개봉부의 옥사에 투옥되었습니다."

"그 무슨 말 같지 않은 소리야?"

군사의 고성에 보고를 위해 들어왔던 수하의 목이 움츠러들었다.

그런 수하의 모습에 애써 화를 내리누른 군사가 물었다.

"어디서 나온 정보야?"

"개봉부 선임 포두(先任捕頭)의 전언입니다."

"선임 포두면, 나 포두?"

"예, 군사님."

나 포두라면 천강문과 막역하게 지내는 사람이었다. 그가 잡아갔다니 무언가 연유가 있을 거란 생각이 든 군사가 물었다.

"이유가 뭐라던가?"

"부, 불법 무기… 소지죄랍니다."

"그게 무슨 개떡 같은 소리야!"

군사의 입에서 다시금 고함이 터져 나왔다.

"그, 그것이 일 척 이상의 무기를 소지하고 다니는 것이 국법에 위배된다고……."

안다. 송나라의 법을 본 따 만들었다는 원나라의 국법인 지정조격(至正條格)에 의하면 일반 백성은 길이 일 척 이상의 모든 무기를 소지할 수 없었다.

"이런 빌어먹을 자식이! 그간 받아 처먹은 돈이 얼마인데……. 재화당주도 그래, 그따위 이유로 잡아간다고 순순히 따라갔단 말이야?"

"그, 그게… 강제로……."

"그건 또 무슨 개소리야?"

"나 포두의 전언에 의하면 신임 포교가 반… 항하는 재화당주를 제압하여 투옥하였다고 합니다."

자신의 눈치를 보며 보고하는 수하의 말에서 군사는 한 단어에 집중했다.

"신임 포교?"

"예, 며칠 전에 개봉부 좌포청으로 포교 한 명이 부임해 왔답니다."

그제야 대강의 사정이 그려졌다.

"어디서 철없는 놈이 하나 새로 온 모양이로군. 네가 가서 적당히 달래 봐."

"그게… 나 포두의 전언에 의하면 돈으로 될 상대는 아니라 합니다."

"세상에 돈으로 안 되는 놈이 어디 있어?"

"그게… 나 포두의 말로는 윗선에 줄이 있는 놈이랍니다. 자칫 불똥이 개봉부 전체로 튈 수도 있다고……."

개봉부에서 천강문의 돈을 받아먹지 않는 관리가 없기

때문이다.

 그런 상황에서 뇌물 문제가 불거져 나오면 천강문은 몰라도 개봉부의 관리들은 온전하기 어렵다.

 물론 그깟 관리들이 잘못되는 거야 신경 쓸 일이 아니지만, 새로 부임하게 될 관리들과 이전과 같은 관계를 만들기 위해서 들어가는 시간과 재물은 분명 불필요한 지출이 될 것이었다.

"그럼 어쩌자고?"

"이전처럼 적당히 겁을 주어서 쫓아 버리는 것이 어떻겠냐고 물어 왔습니다."

 수하의 말에 군사가 과거의 한 편린을 떠올렸다.

"그 재수 없던 몽고 놈 말이로구나."

"그렇습니다. 순혈 무사 출신이라고 거드름을 피우던 놈이었습죠."

"그때 일을 맡았던 게 누구였지?"

"위각주(衛閣主)셨습니다."

"맞아, 팔귀도(八鬼刀)였지. 그에게 상황을 설명하고 이번 일을 맡으라고 전해."

"예, 군사님."

 복명한 수하가 나가자 군사는 다시금 책상 위에 가득 쌓인 서류들과의 씨름을 재개했다.

군사전으로부터 명을 전해 받은 팔귀도는 곧바로 움직였다.

팔귀도는 포청의 나 포두에게 뜻을 전해 신임 포교를 자신이 기다리는 곳으로 순찰을 내보내도록 하는 것도 잊지 않았다.

세영은 나 포두의 명으로 순찰을 나섰다.

길도 잘 모르는 자신에게, 그것도 홀로 순찰에 나서라는 명령을 납득하긴 어려웠지만 명은 명이었다.

전날 포쾌 기륭과 함께 걸었던 길을 상기하며 천천히 움직이던 세영의 눈에 길을 걷던 사내의 전낭을 낚아채 도주하는 이가 보였다.

전낭을 잃은 이는 발을 동동 구르며 고함을 쳐 댔지만 이미 도주한 자는 멀리 사라져 가는 중이었다. 두말할 나위 없는 소매치기였다.

슬쩍 미소를 지은 세영의 발이 섬보를 밟았다.

순간적으로 모습이 늘어나는 것 같이 보이던 세영의 신형이 감쪽같이 사라졌다.

대신 그의 신형이 튀어나온 것은 전낭을 낚아채서 열심히 도주하던 소매치기의 앞이었다.

"뭐, 뭐야!"

소매치기는 상당히 놀란 표정이었다. 그런 그에게 세영이 손을 내밀었다.

"그것만 넘기면 보내 준다."

원래대로라면 잡아들여야 하는 범죄자였지만 자신의 임무는 일반 범죄자들을 상대하는 것이 아니었다.

괜히 일반 범죄자를 잡아들였다간 우포청과 분란이 생길 수 있으니 주의하라는 포령의 경고를 무시할 생각도 없었다.

하지만 상대는 그냥 넘겨줄 생각이 없는 모양이었다.

전낭을 마치 놀리듯 공중으로 던졌다 받았다를 반복하며 세영에게 말했다.

"너무 빨리 달리는 것이 아닌가 걱정했었는데, 잘 따라와 주었다."

"설마 내가 따라오길 바랐다는 건가?"

"당연하지."

"왜지?"

세영의 물음에 소매치기, 아니 소매치기로 위장한 팔귀도가 음흉한 미소를 그렸다.

"강호의 법도를 알려 주기 위해서라고나 할까."

"강호의 법도라……. 그게 어떤 거지?"

"강자지존."

"힘 센 놈이 장땡이란 건가?"

"표현이 저렴하구나, 너."

"솔직하다고 말하기도 하지."

세영의 답에 팔귀도가 전낭을 갈무리했다.

이제 대화는 그만두고 실력 행사를 하기로 생각을 굳힌 모양이었다.

"살살 할 테니 너무 겁먹지 마라."

말을 하며 팔을 푸는 팔귀도의 터질 듯한 어깨 근육이 움직였다.

원래 팔귀도의 성명절기는 감산도를 이용한 도법이다. 하지만 그에 못지않은 절기를 하나 더 가지고 있었으니 그것은 무지막지한 힘에 바탕을 둔 권법이었다.

죽여선 안 되는 상대를 위해 팔귀도는 지금 자신의 두 번째 절기를 사용할 생각이었던 것이다.

천천히 상대에게 다가서며 팔귀도가 이죽거렸다.

"자, 아가, 살살 어루만져 줄 테니 이리 온."

말은 살살 어루만져 준다고 했지만, 뒤로 바짝 당겨 가는 어깨에서 한껏 부풀어 오르는 근육은 슬쩍 빗맞아도 무사하지 못할 것이라 말하고 있었다.

그렇게 무지막지한 힘을 실은 주먹을 뻗어 내기 직전이었다. 상대의 신형이 흐릿하게 보인 것은.

그리고 이내 팔귀도의 양쪽 눈에서 별이 뻔쩍거렸다. 그것은 대단히 찰나의 순간에 나타났다 사라졌다.

조금 더 명확히 보고 싶은 바람도 있었지만 그건 이루어지지 않았다.

곧바로 어둠이 찾아오고, 의식이 정지했기 때문이다.

제12장
천강문의 수난

뇌옥 안을 바라보고 서 있는 나 포두는 미치고 환장할 지경이었다.

전날 잡혀 들어온 감무경의 곁에 두 눈두덩이 시퍼렇게 멍든 팔귀도가 자리하고 있었기 때문이다.

"흐음… 죄목이 뭐라고?"

침음을 흘리며 묻는 나 포두에게 세영은 낭랑한 음성으로 답했다.

"공무 집행 방해, 폭행 미수, 소매치기 빙자입니다."

세영의 답에 나 포두가 잔뜩 일그러진 표정으로 물었다.

"공무 집행 방해는 알아듣겠는데, 폭행 미수와 소매치기 빙자는 뭔가?"

"말 그대로입니다. 폭행을 행사하려다 미수에 그쳤고, 소매치기도 아니면서 소매치기인 척 연기를 했으니까요."

"근데 그게 죄가 되긴 하나?"

나 포두의 물음에 세영이 볼을 긁적이며 답했다.

"그거야 판관 나리께서 판단하시겠죠."

포교로서 가장 무책임한 발언이었지만 그걸 성토하고 있을 만한 상황이 아니었다.

"흐음… 그, 그런 건가."

"예, 그렇죠."

세영의 답에 곤혹스런 시선으로 뇌옥 안을 바라보는 나 포두를 죽일 듯이 노려보는 감무경과 팔귀도였다.

❀   ❀   ❀

다시금 가득 쌓인 서류에서 고개를 든 천강문의 군사가 짜증 섞인 음성으로 물었다.

"뭐가 어떻게 됐다고?"

"위각주께서… 투옥되셨습니다."

"요즘 뇌옥에서 무슨 모임 여나? 왜들 거기 들어가 있는 거야?"

"……."

아무 말도 못한 채 자신의 시선을 피하는 수하에게 군사가 물었다.

"이번엔 왜 들어가 앉아 있는 건데?"

"죄목이… 공무 집행 방해, 폭행 미수, 소매치기 빙자입니다."

"뭐?"

공무 집행 방해를 빼고는 생전 처음 들어 보는 죄목들이었다.

"너, 지금 나랑 장난하냐?"

짜증이 솟구친 군사의 물음에 수하가 맹렬하게 고개를 저었다.

"아, 아닙니다, 군사님."

"그럼, 그게 죄목으로 가당키는 하다고 생각하냐?"

"그, 그건 아닙니다만……."

"근데, 근데 왜 보고가 그따위야!"

"시, 실제로 위각주께 붙은 죄명이라서……."

어쩔 줄 몰라 하는 수하에게 군사가 물었다.

"이번에도 그놈이냐?"

"예?"

"그 신임 포교인가 하는 놈 말이다."

"아! 예. 실은 그자를 겁주려다 잘못된 것으로 알고 있습니다."

"방심하지 말라는 말, 안 해 줬었냐?"

군사의 물음에 수하의 음성이 기어들어 갔다.

"미, 미쳐……."

쾅!

수하는 답을 마무리하지 못했다. 이마에 벼루를 얻어맞고 기절해 버린 까닭이었다.

"이거 치워."

군사의 명에 밖에서 대기하던 무사들이 들어와 대자로 뻗은 무사를 들고 나가고, 시녀 몇이 들어와서 잘게 부서진 벼루를 치웠다.

그렇게 실내가 정돈되자 군사의 음성이 흘러나왔다.

"다음."

그 소리가 끝나기 무섭게 문밖에 대기하던 무사 하나가 뛰어 들어와 부복했다.

그를 내려다보며 군사가 물었다.

"서열 오 위냐?"

"치, 칠 위입니다."

"칠 위? 내가 여섯이나 치웠다고?"

"그, 그게… 서열 오 위와 육 위가 사, 사직을 한 까닭에……."

두려움이 가득한 음성으로 답하는 무사를 내려다보던 군사가 한숨을 내쉬며 말했다.

"후~ 그놈들… 잡아 와라."

"지, 지금 말이옵니까?"

"아니, 내 말 끝나고 나면."

"조, 존명!"

잔뜩 고개를 숙이고 있는 무사를 내려다보며 군사가 말을 이었다.

"넌 이젠 누구에게 일을 맡겨야 한다고 생각 하냐?"

"소, 소인이 어찌 감히……."

"그 정도 생각도 못하면서 군사전에 붙어서 녹봉을 축내고 있었다는 거야, 지금?"

말속에 든 살기를 느낀 무사가 황급히 답했다.

"타, 타각주(打閣主)께 일을 맡겨야 한다고 생각합니다."

"왜?"

"그분의 성정이 누구를 얕보지 않는 터라……."

"흠… 그렇지. 타각주라면 상대를 얕보진 않지. 좋아, 이번 일에 적격이겠군. 그에게 신임 포교를 적당히 처리하라고 전해라."

"존명!"

복명하고 무릎걸음으로 나가는 무사에게 군사가 소리쳤다.

"오 위와 육 위… 반드시 잡아 와!"

"예, 옙!"

황급히 복명하고 수하가 사라지자 군사의 입가로 피식 웃음이 새어 나왔다.
 "재미있는 놈이 개봉부에 들어왔군. 정말 방심이었는지 아닌지는 타각주가 밝혀 주겠지. 그럼 그때 가서 제대로 된 계획을 세우든가 아니면… 타각주가 제대로 손을 봐 주었든가."
 혼자 중얼거리는 군사의 입가엔 묘한 미소가 깃들어 있었다.

※ ※ ※

 군사의 전언을 받은 타각주, 격파도(擊破刀) 갈태균은 팔귀도만큼이나 즉각적으로 움직였다. 물론 그도 목표를 움직이기 위해 나 포두와 접촉했다.

 세영은 나 포두에게 새로운 임무를 부여받고 있었다.
 "개봉사탑(開封寺塔)을 순찰하고 오게."
 "그게 어디에 있는 겁니까?"
 "그것까지 알려 줘야 하나?"
 괜히 성질을 피우는 나 포두에게 세영은 더 이상 아무것도 묻지 못했다.
 물론 길잡이로 쓸 포쾌를 붙여 달라는 청원도 받아들여지지 않았다.

결국 주변 행인들에게 물어 가며 세영은 개봉사탑을 찾아가야만 했다.

 개봉의 동북쪽 구석에 위치한 개봉사탑은 꽤나 한적했다.

 "이걸 왜 순찰하라는 거야, 도대체."

 임무를 좀처럼 이해하지 못한 세영이 고개를 갸웃거렸다.

 하지만 임무는 임무인지라 개봉사탑 주변을 세세히 살피던 세영에게 한 거한이 다가섰다.

 "나 좀 보자."

 거한의 음성에 세영이 돌아섰다.

 "왜?"

 "우선 확인을 좀 하지. 네가 개봉부 좌포청에 새로 온 포교인가?"

 "그런데?"

 세영의 되물음에 거한은 다짜고짜 커다란 감산도를 꺼내 들었다.

 "우선 맞고 이야기하자."

 그리고 시작된 공격은 전광석화처럼 빠르고 강력했다.

 빡-

 문제는 시원한 격타음이 거한의 감산도와 세영 사이에서 터져 나온 것이 아니라 세영의 주먹과 거한의 턱 사이에서 터져 나왔다는 것에 있었다.

❈　❈　❈

　천강문의 군사는 자신 앞에 부복한 수하를 바라보며 재미있다는 표정을 감추지 않았다.
　"타각주도 뇌옥에 들어앉았다?"
　"그, 그것이… 예."
　"이거 참… 재미있는 놈이 들어온 게 확실하구만. 네놈은 이 길로 동 호법께 달려가거라."
　"도, 동 호법께 말씀이십니까?"
　"그래, 가서 이 기문탁이 웽웽거리는 모기 한 마리 잡아달라는 부탁을 올리더라고 전해 드려라."
　"그, 그리만 전해 올리면 되는 것입니까?"
　"이런 멍청한! 당연히 지금까지의 일을 소상히 설명해야지."
　"아, 알겠습니다, 군사님."
　"알았다면서 뭐해? 어서 가지 않고."
　"조, 존명!"
　복명한 수하가 뛰어나가자 군사가 자신의 무릎을 쳤다.
　"아차! 오 위와 육 위 놈을 잡아 오라고 했던 것의 결과를 묻지 않았구나. 할 수 없지. 다음에 물을밖에."
　아쉬운 음성이 가득했지만 돌아서는 군사의 표정엔 전혀 그런 감정이 묻어 있지 않았다.

❀   ❀   ❀

 나 포두는 자신에게 온 서찰 한 통을 앞에 두고 머리를 부여잡은 채 골몰했다.
"이걸 나보고 어떻게 하란 거야. 그놈을 무슨 수로 개봉 밖으로 빼내난 말이다."
 괴로워하는 나 포두의 집무실로 한 포교가 들어섰다.
"나 포두님, 왜 그러십니까?"
 갑작스런 음성에 고개를 드니 잔머리로는 좌포청 최고라는 유 포교였다.
"아! 유 포교, 나 좀 도와주게."
"무슨 일이신데요?"
"이걸 좀 보게."
 천강문에서 자신에게 온 서찰을 내밀면서도 나 포두는 일말의 망설임도 없었다.
 이유는 나 포두에게 천강문을 소개시켜 준 장본인이 바로 유 포교였기 때문이었다.
 나 포두가 알기에 유 포교는 자신이 천강문과 인연을 맺기 훨씬 이전부터 그들의 돈을 받아먹던 사람이었다.
 하니 가재는 게 편이라고 자신의 고뇌를 함께 짊어져도 무방한 사람이라 여겼던 것이다.
 그리고 그것은 틀리지 않은 예상이었다.

"그렇지 않아도 새로 온 녀석 때문에 영업에 지장이 많았습니다. 이참에 아주 정리하면 어떨까요?"

"아서, 그래도 꽤 웃전의 선이 닿은 놈이야. 꼬장꼬장한 포령조차 함부로 대하지 말라는 명을 내렸을 정도라고."

처음 듣는 말에 유 포교가 놀란 표정을 지었다.

"정말입니까?"

"그래. 하니 자네도 너무 섣부르게 건드리지 말고."

"예, 조심하겠습니다. 하면 이 서찰대로 만들기가 애매하지 않겠습니까?"

"그러니 내가 고심하는 게 아니겠나. 도대체 무슨 핑계를 대고 그 녀석을 개봉부 밖으로 유인해 내냔 말이야."

나 포두의 푸념에 유 포교가 물었다.

"한데, 왜 개봉부 밖으로 불러내려는 것일까요?"

"얼핏 듣기론 조력자가 개봉부 밖에 있다는 것 같았네."

"조력자… 천강문이 조력자로 내세울 정도라면 한가락 하는 자겠군요."

"그렇겠지."

"하면 그 고려 놈을 반드시 내보내야 한다는 이야긴데……"

"그렇지."

함께 한참을 고심하던 중 유 포교가 자신의 무릎을 쳤.

"왜, 좋은 생각이라도 났나?"

나 포두의 물음에 유 포교가 고개를 끄덕였다.
"일전에 황하를 건너는 봉구 포구에 흑도가 창궐하여 상인들이 피해를 입고 있으니 토포를 바란다는 청원이 있었지 않습니까?"
"아! 기억나네. 한 두어 달 됐지?"
"예, 인원이 부족한 탓에 미뤄 두었었죠. 이참에 해결해 보심이 어떻겠습니까?"
　유 포교의 말뜻을 알아들은 나 포두의 입가에 비릿한 미소가 걸렸다.
"자네의 의견이 타당하구만. 내 바로 적임자를 뽑아 보내도록 하지."
"나 포두님의 일에 도움이 되었다니 기쁠 뿐입니다. 하하하하!"
"하하하하!"
　밝게 웃는 두 사람은 마치 모든 걱정거리가 해소된 듯한 표정이었다.

　　　　※　　※　　※

　중원 대륙의 중심부를 가르는 황하는 양자강과 함께 중원을 기름지게 만드는 젖줄이다.
　그런 황하는 물살이 거세고 강폭이 커서 황룡이란 별칭을 가지고 있기도 했다.

또한 고래로부터 수상 물류 이동을 발전시키는 원동력이었으며, 다수의 곡창지대를 끼고 있기도 했다.

하남성에선 그 황하가 북부를 가르고 지나가는 탓에 포구가 많았다.

그중에서도 봉구 포구는 대도시인 개봉부에서 가장 가까운 지리적 이점을 살린 덕에 물산의 이동이 주변 포구들 중 가장 많았다.

그것에 기인한 이권을 노리고 봉구 포구에 흑도가 창궐한 것은 반년 전이었다.

처음엔 관군을 의식해 조심하던 봉구 포구의 흑도였지만, 무슨 이유에선지 차일피일 토포가 늦어지자 작금에 와선 그 행동이 대담해져서는 아예 포구에 세금 징수처를 만들어 놓고 통과세를 받고 있었다.

세영이 받은 임무는 바로 그 봉구 포구에 기생하는 흑도를 토포하라는 것이었다. 웃긴 건 그러면서 달랑 세영 한 명만 보냈다는 사실이다.

지도와 주변 행인들의 도움으로 간신히 봉구 포구를 찾은 세영은 조금은 어이없는 광경을 접할 수 있었다.

'잔살문(殘殺門)'이란 현판까지 걸어 둔 흑도 방파의 규모는 그가 생각했던 것을 훨씬 초과하고 있었다. 우선 전각의 수가 수십 채를 넘어섰다.

봉구 포구에 사는 사람들의 말에 따르면 그곳에 머무는 흑도인들의 수도 오백에 육박한다고 했다.

그런 곳을 홀로 정리하라고 보낸 나 포두가 미친 게 아닐까 싶은 생각마저 들었다.

이건 임무고 뭐고 간에 자신의 능력 밖이라 판단한 세영이 발길을 돌리려던 참이었다.

"어이, 오랑캐 놈."

처음엔 그것이 자신을 지칭한 부름이라곤 미처 생각지 못한 세영은 계속 걸음을 옮겼다.

"야- 포교 옷 입은 오랑캐 새끼! 귀가 먹었나?"

그제야 상대의 부름이 자신을 향한 것임을 알아차린 세영이 어이없는 얼굴로 돌아섰다.

이건 한눈에 봐도 '나 범죄자요.'라고 얼굴에 써 놓은 것 같은 거한 둘이 삐딱하니 서서 세영을 바라보고 있었다.

'외형으로 상대를 평가하는 것은 잘못된 행동이다. 사람은 외형이 아니라 그 속을 보고 판단해야 하는 것이다.'

돌아가신 선친의 금언이 떠오른 세영은 자신의 판단을 일단 뒤로 밀어 넣었다. 그것이 선입관으로 작용할지 모른다는 걱정 때문이었다.

그렇게 자신의 생각을 뒤로 물린 세영은 일단 상대방의

오해를 풀어 주어야겠다는 생각을 가졌다.

"저기… 이 포교 옷 때문에 오해하는 모양인데, 난 몽고 사람이 아니오."

나름 차분한 설명이었지만 돌아온 답은 결코 호의적이지 않았다.

"알아, 오랑캐."

잠시 눈을 감고 이게 무슨 상황인지 이해하려 애를 써 보았지만 도저히 답을 찾을 수 없었다.

배달인의 입장에서 몽고는 오랑캐다. 물론 지나인인 한족도 오랑캐였다.

하지만 고려인은 오랑캐가 아니다. 만에 하나 감히 하늘 단군의 자손을 그렇게 부르는 놈들이 있다면 입을 찢어 놔야 했다.

생각이 그에 미치자 애써 뒤로 물려 놓았던 선입관도 앞으로 다시 튀어나왔다.

"왜 불러, 양아치 새끼들아."

"뭐라, 양아치?"

상대는 자신이 느꼈던 혼란을 지금에서야 느끼는 모양이었다.

"양아치를 양아지라 부르는 게 뭐, 잘못됐나?"

"이 천둥벌거숭이 같은 새끼가!"

자신은 말로 충격을 주었지만 상대는 그럴 마음이 없는

모양이었다.

험악하게 생긴 거한 중 하나가 대번에 날카로운 칼을 꺼내 들고 무섭게 짓쳐 들었기 때문이다.

거한이 칼을 뽑아 들고 땅을 박찬 순간, 십여 장의 공간이 순식간에 사라지고 상대가 코앞에서 튀어나왔다.

무섭도록 빠른 접근이었다.

쾌를 어줍지 않은 행동으로 상대했다간 뼈도 못 추린다.

대저 빠름은 빠름으로 상대하는 것이 최선의 방법이라 생각한 세영의 눈이 가늘어졌다.

번쩍.

무언가가 번쩍였다고 느낀 순간, 잔살도마(殘殺刀魔) 극치양은 자신의 눈이 마구 따갑다는 것을 느꼈다.

"뭐, 뭐야!"

제일 먼저 떠오른 것은 독이었다.

하지만 입에서 느껴지는 특이한 맛이 독은 결코 아니었다. 그건 익숙하고 기분이 좋지 않은 맛이었다.

그건, 그건…

"흙?"

어이없어 하는 잔살도마의 눈이 뿌옇게 밝아 올 무렵, 무언가 시커먼 것이 안면으로 날아들었다.

퍽-

"억!"

정말 억 소리 나게 아팠다. 그리고 이어지는 연타에 정신이 까마득하게 날아가 버렸다.
 털썩-
 힘없이 무너지는 잔살도마를 확인한 세영이 언제 집어 들었던지 주먹만 한 짱돌을 바닥으로 던졌다.

 천강문의 우호법인 참살도(斬殺刀) 동파극은 너무나 파격적인 상대의 움직임에 친우를 도와야 하는 순간을 놓치고 말았다.
 세상에 전광석화처럼 흙을 뿌리고, 짱돌을 주워 사람을 패는 인간을 정말로 마주칠 것이란 생각은 해 본 적이 없었다.
 가끔 그런 류의 이야기를 들을 때도 동네 꼬마들의 악다구니에나 가끔 등장할 만한 일일 뿐, 자신들같이 정통 무공을 수련한 무인들의 싸움에는 등장할 수는 없는 일이라고 믿어 의심치 않았다.
 왜냐고?
 어줍지 않게 무인의 자존심 어쩌고… 그런 것은 아니다.
 흙을 뿌릴 여유가 있다면 피하면 그만이다. 돌을 주워 상대를 때린다고?
 돌을 줍기 위해 엎드리는 시간에 차라리 다른 행동을 하는 것이 더 도움이 된다.

거기다 돌이든 칼이든 그걸로 상대를 격중시켜야 효과가 있는 것이다.

 다시 말해서 그만한 능력을 보유했다면 돌멩이가 아니라 제대로 된 무기를 사용하는 것이 훨씬 효과적이란 소리다.

 물론 손에 무기가 없다면 어쩔 수 없는 선택이라고 말할 수도 있겠다.

 하지만, 자신이 본 상대는 버젓이 허리 어림에 검을 차고 있었다.

 그래서 물을 수밖에 없었다.

 "너, 도대체 뭐하는 놈이야?"

 자신의 물음에 상대는 충실하게 답했다.

 "나? 포교."

 그 말의 끝을 세영이 섬보로 밟았다.

 쉬익-

 바람이 분다고 느낀 순간, 동파극은 자신이 깊은 나락으로 떨어진다는 것을 느꼈다.

 그것을 끝으로 동파극의 사고가 정지했다.

 섬보에 이은 망타 한 방으로 동파극을 기절시킨 세영은 급했다.

 자신과 두 사람의 충돌을 보았던지 잔살문의 정문이 열리면서 어마어마한 수의 무사들이 쏟아져 나오기 시작했기 때문이었다.

　그런 상황에서 두 사람을 모두 포박하여 호송하는 것은 아무래도 무리였다.

　어찌할 바를 모를 때, 얄궂게도 사부와 선친이 가르쳐 준 금언 2개가 동시에 떠올랐다.

　먼저 떠오른 것은 사부가 남겨 준 금언이었다.

'결정은 신중하게. 하지만 실행은 전광석화처럼.'

그 금언과 함께 선친이 남긴 금언이 곧바로 떠올랐다

'결정은 신속하게, 하지만 실행은 꼼꼼하게.'

　상반된 그 둘을 신속하게 뒤섞은 세영의 결론은 하나였다.
'결정은 신속하게, 실행도 전광석화처럼.'
"어. 느. 놈. 을. 데. 려. 갈. 까. 요. 알. 아. 맞. 춰. 보. 세. 요."
　두 사람을 번갈아 가면서 손을 옮기던 세영의 손가락이 먼저 쓰러진 인사에게서 멈춰 섰다.
"좋아, 당첨!"
　냅다 그를 둘러업은 세영의 신형이 길게 늘어지는 듯 보이더니 순식간에 사라졌다.
　뒤늦게 현장에 도착한 잔살문의 무사들은 자신들의 문주

는 사라지고, 문주의 친우인 동파극만 정신을 잃은 채 남겨진 곳에서 멍하니 서 있을 수밖에 없었다.

❈　　❈　　❈

　천강문의 군사인 기문탁을 일러 강호 사람들은 소천뇌(小天腦)라 불렀다.
　작은 하늘을 담은 뇌라 불릴 만큼 지략이 뛰어났기 때문이다.
　그런 그가 좌포청의 문가에 쪼그리고 앉아 있었다.
　그의 수하가 왜 이곳에 이러고 계시냐고 물었을 때, 기문탁은 즐거운 구경거리를 기다리는 중이라고 답했다.
　하지만 정작 그가 기다리던 사람이 돌아왔을 때 기문탁의 표정은 소금을 가마니째로 씹은 사람의 것이었다.
　그렇게 잔뜩 일그러진 기문탁의 시선을 받으며 좌포청 안으로 들어가는 세영의 등짝엔 어디서 잃어버린 것인지 앞니 2개가 빠진 잔살도마 극치양이 정신을 잃은 채 덜렁거리고 있었다.
　서둘러 천강문으로 돌아온 기문탁이 수하를 불러들였다.
　"하오문에 청부를 하나 넣어라."
　"무슨 청부입니까?"
　"새로 온 포교 놈에 대한 정보다. 어디 출신인지, 왜 개봉부 좌포청으로 왔는지, 누가 보냈는지, 가족 관계는 물론이고 출생에서 지금까지 놈에 관한 것이라면 모조리."
"존명."
복명한 수하가 서둘러 나가자 기문탁이 중얼거렸다.
"도대체 어디서 나타난 놈이기에……?"

기문탁의 손에 신임 포교에 대한 정보가 들어온 것은 하오문에 의뢰를 넣은 지 나흘만이었다.
장장 30장이 넘어가는 보고서를 읽은 기문탁의 눈살이 잔뜩 찌푸려졌다.
"그러니까 끈 떨어진 연 신세인 포교 놈 하나한테 우리가 당하고 있다?"
"그게… 그래도 고려바톨이라고……."
"멍청한 몽고 놈들 수준에서 대적할 만한 적수가 없다는 기준은 아무짝에도 쓸모가 없다. 그간 몽고 무인들과 중원 무림인들과의 충돌 결과를 모르나?"
"아, 압니다."
전승이었다. 단 한 차례도 패한 적이 없다. 어떤 경우엔 중원 무림인 한 명이 몽고 전통 무인 수십을 홀로 쓸어버린 적도 있었다.
"결국 이 정보가 맞다면 우리 쪽 대응이 방심 위에서 진행되었다는 뜻이 된다."

"그래도 잔살도마는……."

"그였기에 더 방심이 컸을 수도 있다. 상대가 포교라 했으니 얼마나 우습게 보았겠느냔 말이다."

"하지만 방심하지 말라는 말을 듣고 나가신 타각주께서도……."

"말한다고 다 제대로만 된다면 실수가 왜 생길까."

"하오면 어찌……?"

수하의 물음에 무언가 명을 내리려던 기문탁이 입을 닫고 골똘히 생각하다 다시 입을 열었다.

"우선 나 포두에게 다녀오너라."

"무어라 전하올지?"

"완벽귀조(完璧歸趙)라, 우리가 습득한 정보와 좌포청이 가진 정보를 대조하여 차이점이 있는지 확인해라. 대처는 그 이후에 결정할 것이다."

"존명."

서둘러 나가는 수하의 모습을 바라보는 기문탁의 눈이 차갑게 빛나고 있었다.

❀　　❀　　❀

포청엔 기본 심문이라는 것이 있다.

그것은 뇌옥에 범죄자를 가두기 전에 이름과 소속, 사는 곳 등을 묻고 기록하는 절차였다.

봉구 포구를 다녀온 세영이 잡아들인 죄인에게 그 기본 심문이 벌어졌다.

당직으로 인해 기본 심문을 맡았던 나 포두는 그 과정에서 나온 이름에 기절하고 싶은 심정이었다.

"자, 자, 잔살도마!"

"그래, 나 잔살도마 극치양이야! 네놈들이 이러고도 무사 할 커헉-!"

덜덜 떠는 나 포두에게 으르렁거리며 겁을 주던 극치양의 뒤통수를 냅다 갈겨 준 세영이 눈을 부라렸다.

"이 양아치 새끼가 어디에서 감히! 닥치고 묻는 말에나 답해."

휙 하니 뒤를 돌아보았지만 노랗게 번들거리는 세영의 눈과 마주친 극치양은 슬그머니 눈을 내리깔았다.

그런 극치양의 행동에 콧방귀를 뀌어 준 세영이 나 포두에게 말했다.

"기본 심문 마치셔야죠."

"응? 아! 그, 그렇지. 저… 소, 소속이……."

"……."

답이 없는 극치양에게 나 포두가 덜덜 떨리는 음성으로 다시 물었다.

"저… 대, 대협, 소, 소속을……."

나 포두의 물음은 다 이어지지 못했다.

눈을 감고 입을 다물고 있는 극치양의 뒤통수에 다시금 세영의 손바닥이 작렬한 까닭이었다.

퍽-

"컥!"

"이 새끼가. 대답 안 해!"

눈을 부라리며 성질을 피우는 세영을 흘깃거린 극치양이 조그마한 음성으로 말했다.

"묵……."

"뭐? 크게 말해!"

다시금 올라가는 세영의 손을 본 극치양이 서둘러 말했다.

"무, 묵비권이오."

극치양의 말에 세영은 어이없는 표정을 지었고, 나 포두는 도무지 지금의 상황이 이해가 되지 않는다는 표정이 되었다.

결국 묵비권을 행사하는 극치양은 기본 심문 절차가 생략된 채 뇌옥에 투옥되었다.

감무경부터 시작해서 나란히 뇌옥에 들어앉은 무림인들을 심란한 얼굴로 보고 나온 나 포두가 자신의 집무실로 유 포교를 불러들였다.

"이 일을 어찌하면 좋겠나?"

나 포두의 걱정에 유 포교가 믿기지 않는 표정으로 물었다.

"정말 잔살도마가 잡혀 들어온 겁니까?"

"그렇다네. 이 두 눈으로 직접 확인하고 오는 길일세."

"아니, 그만한 고수가 어떻게……?"

"그걸 모르겠으니 내가 이리 답답해하는 게 아니겠나."

"천강문에선 뭐라 합니까?"

"아직 소식을 전하지 않았네."

"아니, 왜요?"

"그게……."

솔직히 겁이 났다.

천강문과 연관된 무인들을 잡아들이는 상황이 자꾸 반복되면서 그걸 통보하는 것이 부담스러웠던 것이다.

자칫 오해라도 산다면 그동안 상납받아 오던 돈이 끊기는 건 둘째치고, 목숨이 위험해질 수도 있다는 위기감이 들었다.

나 포두의 걱정을 어렵지 않게 짐작한 유 포교가 말했다.

"그리 불안하시다면… 저들에게 소용될 정보를 모아 보는 것이 어떻겠습니까?"

"정보?"

"박 포교에 관한 정보 말입니다. 잔살도마가 잡혀 들어올 정도면 그저 그런 놈은 분명 아니지 않겠습니까?"

"그야……. 하지만 어디에서 그자의 정보를 얻는단 말인가?"

"일단 개평에서 내려보낸 자이니 그쪽에 선을 넣어 봐야지요."

"개평에 선이 닿는 이가 있는가?"

"제 먼 친척 형님이 개평에서 포교를 하고 있습니다."

"포교? 포교가 정보에 닿을 수 있을까?"

"돈이 좀 들겠지만 가능할 것입니다."

뇌물을 써서 뒤를 파 보자는 얘기였다.

"도, 돈을?"

돈이라는 말에 당황하는 나 포두를 유 포교가 설득했다.

"지금은 돈이 문제가 아니지 않습니까? 놈을 정리하고 나면 돈은 또 긁어 들일 수 있습니다."

"그야……."

"일을 하려면 서둘러야 합니다. 천강문의 인내심이 바닥나기 전에 말입니다."

유 포교의 말에 결국 나 포두가 고개를 끄덕였다.

제13장
파란의 시작

 나 포두와 유 포교가 개평에서 세영에 관한 정보를 받은 날, 천강문에서 기문탁이 보낸 수하가 찾아왔다.
 그는 나 포두가 내미는 정보를 가진 채로 곧바로 돌아갔다.

 수하가 좌포청의 나 포두에게서 받아 온 정보를 세세히 살핀 기문탁의 입가에 희미한 미소가 어렸다.
 "양쪽의 정보에 차이가 없다. 하면……."
 잠시 후, 기문탁의 서찰을 품은 수하가 서둘러 천강문을 벗어났다.

❈   ❈   ❈

마도십팔마(魔道十八魔).

마도의 살육자라 불리는 이들로 이름에서 알 수 있듯이 모두 열여덟으로 구성되어 있었다.

그렇다고 해서 사형제지간이거나 한 문파에 소속된 이들은 아니다. 소속도 다르고 사문도 다른 이들을 하나의 이름으로 묶은 공통점은 단 하나, 잔혹함이다.

그렇다고 죽은 자의 시신을 다시 찢고, 살을 바르고 뼈를 발라내는 등의 악독함은 아니다.

그럼에도 잔혹하다는 평가를 받는 것은 도전해 온 상대를 단 한 번도 살려 둔 적이 없기 때문이다.

그 탓에 이들 개개인에게 목숨을 잃은 강호인의 수는 하나같이 두 자릿수 이상이다.

물론 그렇게 희생된 이들은 대부분 정파인이다. 간혹 정사지간에 속하는 이들도 섞여 있지만 그 수는 그리 많지 않았다.

이 마도십팔마 가운데 특히 강한 다섯을 따로 떼어 오살마(五殺魔)라 부른다.

그 오살마 가운데 다섯째인 뇌마(雷魔) 예군평이 한 통의 서찰을 받은 것은 계절이 가을에서 겨울로 넘어가는 10월의 마지막 날이었다.

피식-

비틀린 웃음과 함께 서찰을 내려놓는 뇌마에게 수하가 물었다.

"무슨 서찰이기에 웃으십니까?"

"재미있는 이야기."

뇌마의 답에 수하의 표정이 굳었다.

뇌마가 저런 반응을 보인 후엔 언제나 피가 튀었기 때문이다.

"이번엔 누구의 도전입니까?"

"도전이라……. 글쎄, 이걸 도전이라 봐야 하는 건지, 참……."

도무지 무슨 말인지 제대로 알아듣지 못한 수하가 조심스럽게 물었다.

"또 어떤 정신 나간 정파놈이 문주께 도전한 것이 아닙니까?"

"치양일 십아 갔다디면 내게 대한 도전일까? 네 생각은 어떠하냐?"

뇌마의 물음에 수하가 놀란 얼굴로 되물었다.

"극 문주께서 말입니까?"

"그렇다는구나."

뇌마의 답에 잠시 생각을 가다듬은 수하가 물었다.

"흉수가 누구랍니까?"

"포교라는구나."

"포교… 관부의 그 포교 말씀이십니까?"

"그렇단다."

뇌마의 답에 수하는 잠시 멍한 표정이었다.

곧이곧대로 받아들여야 하는지, 아니면 뇌마가 농을 거는지 얼른 판단을 내리지 못한 까닭이었다.

그런 수하를 바라보던 뇌마가 다시 희미하게 웃었다.

"네놈도 어이가 없긴 한 모양이로구나."

"정… 말이십니까?"

"봐라. 천강문에서 보낸 서찰이다. 내가 믿지 않을까 봐 잔살문 부문주의 수결까지 첨부했더구나."

뇌마가 던져 주는 서찰을 재빨리 훑은 수하의 얼굴에 당황감이 떠올랐다.

"정말… 이로군요."

"그래, 그런 모양이다."

"어찌… 하실 생각이십니까?"

물으면서도 이미 답은 나와 있다고 생각했다. 그 예상을 뇌마는 벗어나지 않았다.

"가 봐야지. 가서 도대체 어떤 뇌 구조를 가진 놈인지 머리를 따 봐야겠다."

"알겠습니다. 아이들은 몇이나 준비하올지?"

"아이들까지 데려갈 필요가 있을까?"

"상대는 관부인입니다. 자칫 충돌이라도 벌어지면……."

"좌포청을 털러 가는 게 아니라 포교 놈 하나 잡으러 가는 것뿐이다."

"그래도 만약을 대비해서……."

수하를 잠시 내려다보던 뇌마가 고개를 끄덕였다.

"마음에 드는 일은 아니다만, 알았다. 네가 알아서 준비시켜 두거라."

뇌마의 말에 수하가 고개를 조아리며 물었다.

"하면, 언제 출타하실지……?"

"미룰 이유는 없겠지. 해가 지기 전에 움직여 볼 생각이다."

"예, 그리 알고 준비해 두겠습니다."

"그래. 나가 보거라."

뇌마의 말에 수하가 고개를 조아려 보이곤 이내 조심스럽게 방에서 물러갔다.

그렇게 홀로 남은 뇌마의 눈빛에서 소름끼치는 살기가 흘러나왔다.

"어떤 놈인지, 재미있었으면 좋겠군."

뇌마의 음성에서조차 살기가 흘러 넘쳤다.

그날 오후, 산서의 방산에 자리 잡고 있는 뇌령문(雷靈門)에서 10여 명의 사람들이 나서는 것이 목격되었다.

❀   ❀   ❀

 잔살문을 거쳐 뇌령문으로 서찰을 보낸 지 7일, 기문탁이 기다리던 소식이 들려왔다.
 "방금 전에 뇌마가 수하들과 함께 개봉으로 들어왔답니다."
 수하의 보고에 기문탁의 입가로 잔인한 미소가 감돌았다.
 "어디로 향한다더냐?"
 "곧바로 개봉부 좌포청으로 움직이는 듯하답니다."
 수하의 보고에 기문탁은 만족스러운 표정으로 고개를 끄덕였다.
 "제대로 되었다. 이후의 결과도 속히 보고하라."
 "예, 하온데… 괜찮을까요?"
 불안해하는 수하의 물음에 기문탁이 물었다.
 "뭐가 말이냐?"
 "아무리 뇌마라지만 상대는 관부입니다."
 "그래서?"
 "부딪치면 뇌마도 무사하지 못할 텐데요?"
 "뇌마의 성질이 고약하긴 하다만 막무가내는 아니다."
 "그게 무슨 말씀이신지……?"
 "무조건 좌포청을 들이치진 않을 거란 말이다."
 "하면……?"
 "놈만 박살 나겠지."

"하오나 잡혀 간 이들을 빼내자면……."
"놈만 제거되면 문제 될 것은 없을 게다."
"어찌 그리 장담을 하시는지요?"
수하의 물음에 기문탁이 미소를 그렸다.
"그간 들어간 돈이 제 역할을 할 것이니."
그제야 군사의 생각을 알아차린 수하가 고개를 끄덕였다.
"그나저나 이번엔 성공… 하겠지요?"
"왜, 걱정이 되느냐?"
"워낙 어이없는 결과들이 많이 벌어진 탓에……."
"후후, 그렇긴 하지. 하나, 이번엔 아닐 게다."
"그렇겠죠?"
"암! 잔살도마가 뇌마와 같은 마도십팔마의 일원이라 해도 그 실력 차는 하늘과 땅만큼이나 크다. 뇌마가 나선 이상 놈은 끝장이다. 흐흐흐."
음침하게 웃는 기문탁은 이번만큼은 자신의 골칫거리가 분명히 해결될 것이라 확신히고 있었다.

기문탁이 좌포청으로 향한 뇌마의 소식을 다시 들은 것은 그로부터 반 시진이 지난 후였다.
"어찌 되었느냐?"
잔뜩 기대하며 묻는 기문탁의 물음에 수하는 겁먹은 표정으로 답했다.

"그, 그게… 모두 뇌옥에 갇혔답니다."

"무슨 소리야? 뇌옥이라니. 설마 뇌마도 갇혔단 말이냐?"

경악하는 기문탁에게 수하가 조심스럽게 답했다.

"그건 아니옵고……."

순간 경악으로 잔뜩 굳어졌던 기문탁의 얼굴이 활짝 풀어졌다.

"그렇지, 암! 뇌마가 누군데. 하면 수하들만 먼저 보냈던 모양이로구나. 그는 지금 어디에 있느냐. 수하들이 잘못된 것을 알았다면 그냥 있진 않을 터인데. 아니, 이러고 있을 게 아니라 내, 그가 놈을 박살 내는 것을 보러 가야겠다."

서둘러 자리에서 일어서는 기문탁을 바라보는 수하는 당황해서 어쩔 줄 몰라 했다.

그런 수하에게 기문탁이 역정을 냈다.

"어허, 뭐하는 게야. 어서 앞장서지 않고?"

"저, 그, 그게……."

"어허, 이놈이? 어서 앞장서라니까! 뇌마가 어디에 있는지, 어서 그가 있는 곳으로 가잔 말이다."

기문탁의 역정에 수하가 마지못해 입을 열었다.

"뇌, 뇌마는… 의, 의원에 있답니다."

"뭐? 어디?"

"의, 의원 말입니다."

수하의 답에 기문탁이 고개를 갸웃거렸다.

"의원? 의원엔 왜?"
"그게… 너무 많이 맞아서 급히 치료가 필요했다고……."
수하의 답에 기문탁의 다리가 힘없이 풀렸다.

※　　※　　※

퍽-
"크윽!"
고통으로 신음하는 환자를 바라보며 의원이 혀를 찼다.
"어허, 그리 다루면 안 된다는데도 그러시는구려."
"자식이 답을 안 하잖아."
"그래도 그리 대하면 아니 되오이다. 자칫 간신히 꿰매 놓은 상처라도 터지면……."
"다시 꿰매면 되지."
시큰둥하게 대꾸하는 포교를 바라보며 의원은 못 말린다는 표정으로 고개를 내서었다.
의원이 물러나자 세영이 온몸에 붕대를 감고 있는 죄인에게 물었다.
"배후?"
"그런 거… 없다."
"배후도 없는데 관아를 습격했다? 그럼 남송과 작당한 거로구만."

세영의 말에 뇌마의 눈빛이 변했다. 다른 거라면 뭐를 가져다 붙여도 상관없다.

하지만 남송과 엮였다는 죄목은 곤란했다. 아니, 곤란한 게 아니라 절대로 안 된다. 몽고의 관병들이 눈에 불을 켜고 달려들 것이기 때문이다.

피해도 뇌마 자신에게만 국한되지 않는다. 자신의 문파는 적몰될 것이고, 가까이 연결된 지인과 일가친척까지 모조리 화를 면키 어려웠다.

그래서였다. 황급히 내뱉는 뇌마의 음성이 잘게 떨려 나온 것은……

"그, 그건 아니다!"

"아니면?"

"그, 그냥 나선 거다."

"그러니까 왜? 지금 그 이유를 묻고 있는 거잖아."

포교의 윽박에 답을 한다는 것이 마음에 들진 않았지만 쓸데없는 오해를 피하자면 방법이 없었다.

"내… 동생을 가두어 두었으니까."

"동생? 동생이 뇌옥에 있어?"

"그렇다."

뇌마의 답에 세영은 뇌옥에 잡아다 놓은 죄인들의 얼굴들을 떠올려 봤다. 하지만 눈앞의 뇌마와 비슷한 용모를 가진 이는 기억나지 않았다.

"언놈인데?"

"잔살도마."

"잔살도마? 그럼 극치양이?"

"맞다."

"너… 아까 이름이 예군평이라고 하지 않았나?"

세영의 물음에 뇌마의 표정이 굳었다.

그 표정의 변화를 바라보던 세영의 손이 허공을 갈랐다.

퍽-

"크읍!"

뒤통수를 얻어맞은 뇌마의 인상이 잔뜩 구겨졌다.

기분이 나쁜 건 두 번째다. 길게 찢어진 상처를 꿰매 놓은 곳에서 오는 고통이 그의 뇌리를 흔들어 댔던 것이다.

"어디서 구라를! 제대로 대."

"지, 진짜다."

"이게."

다시 손을 올리는 행동에 뇌마가 움찔거렸다. 그건 지켜보는 의원도 마찬가지다.

자칫 잘못하면 간신히 꿰매 놓은 것이 터질 것 같았기 때문이었다.

불안한 표정의 의원을 흘깃거린 세영이 슬그머니 손을 내렸다.

"까불지 말고 제대로 대."

"정말이다."

"쓰읍, 인마! 극치양, 예군평. 딱 봐도 가족이 안 되잖아!"

"그, 그건……."

당황한 표정이 역력한 뇌마의 얼굴을 보던 세영이 다시 손을 올렸다.

딱 봐도 거짓을 말하다 걸린 표정이다. 그러면서 버티는 것을 용납할 생각이 없었다.

세영이 다시 구타를 시작할 것 같자 다급해진 의원이 서찰 하나를 들고 세영과 뇌마 사이에 끼어들었다.

"자, 잠시만 기다리시구려!"

"공무 집행 중이니 의원은 좀 빠지쇼."

"이, 이걸 좀 먼저 보시구려."

의원이 내미는 서찰을 내려다보며 세영이 물었다.

"그게 뭔데?"

"치료 도중 환자 품에서 나온 게요."

"그래."

의원의 말에 뇌마가 반응을 보이기도 전에 서찰은 세영의 손에 들어가 있었다.

"오호… 천강문."

"돌려다오!"

"시끄러!"

서찰을 빼앗기 위해 손을 내밀었던 뇌마는 노랗게 번들거리는 세영의 눈과 마주치곤 슬그머니 손을 내렸다.
 그런 뇌마의 정강이를 세영이 걷어찼다.
 "크윽!"
 고통으로 일그러지는 뇌마에게서 고개를 돌린 세영이 서찰에 다시 시선을 주었다.

※ ※ ※

 불안, 혼란이 마구 뒤섞인 얼굴로 군사전에 앉아 있던 기문탁은 다급한 표정으로 들어서는 수하를 바라보았다.
 "무슨 일이냐?"
 "그, 그가 이쪽으로 오고 있습니다."
 "그라니?"
 "그놈… 신임 포교 말입니다."
 수하의 말에 기문탁이 자리에서 벌떡 일어섰다.
 "그, 그놈이 왜?"
 "그게… 뇌마의 심문 과정에서……."
 "심문 과정에서? 어찌 되었단 말이냐. 뜸 들이지 말고 어서 고하라!"
 기문탁의 호통에 수하가 조심스럽게 답했다.
 "뇌마한테서 서찰이 나왔답니다."
 "서찰! 무, 무슨 서찰?"

불안하게 흔들리는 기문탁의 눈을 안쓰럽게 바라보며 수하가 말했다.

"정확하진 않사오나… 그걸 확보하자마자 이쪽으로 오고 있는 것으로 보아서는 아무래도……."

다른 때 같았으면 이 말이 나오기 전에 사태를 꿰뚫어 보았을 군사가 마치 사고가 정지한 사람처럼 덧없이 물어 왔다.

"아, 아무래도?"

"우리가 보낸 서찰인 듯합니다."

"우, 우리가 보낸……."

"예."

"꺼르르륵-"

"구, 군사님! 군사님!"

당황한 수하가 쓰러지는 기문탁을 받아 들며 불렀지만, 혼절한 그는 좀처럼 깨어나지 못했다.

그제야 수하는 기문탁을 따라다니는 별명 하나를 떠올렸다.

'새가슴.'

무공을 익히지 않은 기문탁이 유달리 겁이 많은 것에서 유래한 별명이었다.

2권에 계속

www.mayabook.co.kr

www.mayabook.co.kr